BESTSELLER

María Rosa Lojo nació en Buenos Aires en 1954. En su extensa obra pueden destacarse los volúmenes de cuentos *Historias ocultas en la Recoleta* (2000) y *Amores insólitos* (2001); las novelas *La pasión de los nómades* (1994), *La princesa federal* (1998), *Una mujer de fin de siglo* (1999) y *Las libres del Sur* (2004); los poemarios *Visiones* (1984), *Forma oculta del mundo* (1991) y *Esperan la mañana verde* (1998); los ensayos *La "barbarie" en la narrativa argentina (siglo XIX)* (1994), *Sábato: en busca del original perdido* (1997). Obtuvo el Primer Premio de Poesía de la Feria del Libro de Buenos Aires (1984), el Premio del Fondo Nacional de las Artes en cuento (1985) y en novela (1986), el Primer Premio de Poesía Dr. Alfredo Roggiano (1990), el Primer Premio Municipal de Buenos Aires "Eduardo Mallea" en novela y cuento (1996). Recibió varios reconocimientos a la trayectoria: el Premio internacional del Instituto Literario y Cultural Hispánico de California (1999), el Premio Konex a las Letras 1994-2003 y el Premio Nacional Esteban Echeverría (2004) por su obra narrativa. Se doctoró en Filosofía y Letras por la Universidad de Buenos Aires. Es investigadora del CONICET y profesora del doctorado en la Universidad del Salvador. Colabora permanentemente en el suplemento literario de *La Nación*.

MARÍA ROSA LOJO

La princesa federal

[!] DeBOLS!LLO

Diseño de tapa: Isabel Rodrigué
Retrato de Manuelita Rosas, c. 1851,
óleo de Prilidiano Pueyrredón,
Museo de Bellas Artes, Buenos Aires.

Lojo, María Rosa
　　La princesa federal - 1ª ed. - Buenos Aires : Debolsillo, 2005.
　　192 p. ; 19x13 cm. (Best seller)

　　ISBN 987-566-085-X

　　1. Narrativa Argentina I. Título
　　CDD A863.

Quedan rigurosamente prohibidas, sin la autorización escrita
de los titulares del *copyright,* bajo las sanciones establecidas
por las leyes, la reproducción total o parcial de esta obra por
cualquier medio o procedimiento, comprendidos la reprografía
y el tratamiento informático, y la distribución de ejemplares
de ella mediante alquiler o préstamo públicos.

IMPRESO EN LA ARGENTINA

Queda hecho el depósito que previene la ley 11.723
© 2005 Editorial Sudamericana S.A.®
Humberto I 555, Buenos Aires.

© 1998 María Rosa Lojo c/o Guillermo Schavelzon & Asoc. Agencia Literaria
info@schavelzon.com

ISBN 987-566-085-X

Publicado por Debolsillo bajo licencia de Editorial Sudamericana S.A.®

A María Fasce,
que descubrió este libro.

A Oscar Beuter, por todo.

He ahí un nombre conocido de todos, pero que indistintamente lo han aplicado, unos a un ángel, otros a un demonio. Pues esa mujer, que ha inspirado ya tantas páginas en su favor y tantas en su daño, puede contar, entre los caprichos de su raro destino, el no haber sido comprendida jamás, ni por sus apologistas, ni por sus detractores.

José Mármol (*Manuela Rosas*, 1851)

CAPÍTULO 1

Entramos en Belsize Park al filo ya de la tarde. El cochero cabeceaba, pero para mí todo era nuevo. Más que los tristes encantos de una ciudad barrida por la lluvia, más que las señoriales escalinatas, las balaustradas severas y las ventanas en arco, me incitaba lo que aún no había visto y pronto vería, en minutos más de apretados cascos sobre la piedra.

El balanceo del coche no me dejaba reconocer los caracteres profundos de tinta roja que sin embargo resplandecían en mi memoria. Guardé el cuaderno de cuero punzó en el bolsillo interior de mi gabán y cerré los ojos para leer mejor esas palabras que otras manos habían terminado de trazar muchos años atrás: *¿Qué podría yo decir que no se haya dicho sobre aquella que llamaron Princesa de las Pampas, y exquisita flor del Plata, y luz de los ojos de los honrados federales, y encanto del suelo argentino y embeleso del pueblo más fiel? ¿Sobre la virgen compadecida por la marmórea pluma del poeta unitario y caudalosamente versificada por las voces ramplonas de la adulonería? Pues todo. Todo, improbable lector de recuerdos tercos, a quien no se halla destinado este cuaderno. Acaso, cuando la bella deje de existir, te sientas obligado a colocar una flor de ceibo bajo su litografía borrosa. Bien equivocado estarás si eso haces. ¿Pondrías flores en la tumba de Cleopatra? En su ley murió, picada por un áspid, luego de haber llevado a la deshonra o al extravío a los próceres de la romana República con su inteligente cabellera y su taimada geometría de ánfora.*

Busqué mi tarjeta de visita: *Gabriel Victorica, Doctor en Medicina, Universidad de Buenos Aires*. Mi apellido no podía serle indiferente. ¿Sería recibido? ¿Sería *bien* recibido? Ante la duda, ante la sospecha de una negativa, había desechado la educada tentación de anunciarme previamente con una esquela.

El carruaje se detuvo ante una casa burguesa de Londres —Belsize Park Gardens, 50— donde nada era punzó, ni siquiera rosado, y que no hubiera podido distinguirse de cualquier otra de la misma cuadra. Esa puerta marcaba acaso el término de una larga ansiedad que nació cuando descubrí, entre papeles descartados por mi padre, el cuadernito de tapas violentas. Pedí al cochero que me esperara, pero casi inmediatamente una criada de cofia abrió la puerta de servicio, según dijo, por orden de su *Mistress*, eximiendo al hombre de la obligada demora bajo la lluvia.

Fiel a su fama —pensé—, la señora seguía manteniendo para con servidores y mandaderos una deferencia magnánima. Otra criada, no menos impecable, abrió la puerta principal. Estiré como pude las involuntarias arrugas de mi traje, mientras me descargaban del sobretodo y se llevaban mi tarjeta sobre una bandejita de plata. También la "amabilidad proverbial" de la que oyera hablar a mis padres se conservaba intacta: fui introducido enseguida en el mediano salón, donde se sentaba a contraluz una sombra amplia y generosa de seda oscura que me habló con voz precisa.

—Usted me dispensará, doctor Victorica, por no adelantarme a recibirlo. Pero he tenido la mala suerte de resbalar en la escalera hace unos días, y mi tobillo derecho no se ha repuesto del golpe. Acérquese usted, hijo mío, si me permite el tratamiento. No se ha de llevar tantos años con mis propios muchachos.

Obedecí de inmediato, para sorprenderme y sorprenderla. La silueta ecuestre de la princesa federal se había hundido en la de una anciana de considerables dimensiones, regular papada y

—como suele suceder en esos casos— pocas arrugas. Los ojos pequeños y claros —más chicos aún en la cara llena— me miraban fijamente, hasta que empezaron a dilatarse con el asombro.

—¡Por Dios! Al leer su tarjeta, pensé que debía ser el nieto de don Bernardo. Y por cierto que no podría usted negarlo aunque se lo propusiera. Nunca pensé que se parecería tanto a su abuelo. Por un instante creí verlo de nuevo, como cuando entraba en Palermo para recibir las órdenes del día. Claro que le falta a usted algo —sonrió con un destello ácido—: la divisa, y el traje de buen federal. Otras modas hay en estos tiempos... Pero siéntese, por favor, que ésta es su casa.

Pude observar a mis anchas el salón, muy bien puesto, pero con el decoro sencillo característico, según mi madre, en las habitaciones de los Rosas, que no amaban el lujo. Por cierto que los colores sí eran distintos de lo que debieron ser allá en la época de su reinado: hasta me pareció ver, en una vitrina, algunos platos de una increíble porcelana azul. Sobre la repisa de la chimenea, don Juan Manuel, en su uniforme de Brigadier General, me miraba también desde su cara perfecta y dura, con ojos transparentes.

Una regular biblioteca hablaba de aficiones letradas que sus detractores no hubieran atribuido, por cierto, a los descendientes del Restaurador. Me llamó la atención advertir, junto a Calderón y Cervantes, a Racine y Chateaubriand, a Shakespeare y Lord Chesterfield, algunas obras argentinas, no sólo las de los escritores de la familia (Lucio y Eduardita Mansilla, Mercedes Rosas) sino otras muy recientes como *La gran aldea,* de López, o *La Bolsa,* escrita por uno de los Miró, que la había firmado con seudónimo.

Doña Manuela tenía el cutis encendido y fresco, como si acabara de lavarse la cara. En su regazo se demoraban, al descuido, un abanico cerrado y un pañuelito del que trascendía —al igual que de toda su persona— una persistente aureola de jazmín.

—¿Qué lo ha traído por estas tierras lejanas, doctor Victorica? ¿Vive aún su padre don Benjamín, verdad? ¡Qué amigos eran con mi primo Lucio! ¿Y su señora madre? ¿Y usted? —añadió mirándome las manos—, no me diga que se ha quedado soltero, o me veré obligada a presentarle una pléyade de inglesitas casaderas muy amigas mías, rubias hasta desvanecerse y de inmejorables costumbres.

Me reí con ganas.

—Ya es tarde, doña Manuelita. He dado hace tiempo el mal paso, y tengo tres hijos como resultado. Pero me quito los anillos porque me molestan algo para mis prácticas de cirugía y a veces olvido ponérmelos otra vez.

—Pues espero que ese olvido no se deba a otras causas, jovencito. Y dispénseme que me dirija así a todo un doctor, pero mi edad sobradamente me autoriza a hacerlo.

Por la chispa en el fondo de los ojos comprendí que estaba lejos de considerarse tan vieja y venerable.

—Será sólo porque usted lo dice, doña Manuela. Por lo que aparenta, jamás la autorizaría que me faltase así al debido respeto.

Nos reímos. Comenzaba a entender por qué las seducciones de la Niña habían llenado las conversaciones de mi familia y tantas páginas de crónicas sociales.

La señora agitó la campanilla.

—*Gladys, a cup of tea for Doctor Victorica, please.*

Las miradas y los comentarios se trasladaron pronto a la repisa del hogar. Al lado de su padre estaban las fotos de marido, hijos y nietos, y un mínimo escarpín blanco. Los hijos —sus "ingleses" como los llamaba doña Manuela— relucían en magníficos marcos de plata: Manuel Máximo, el ingeniero civil, parecido físicamente al Restaurador, pero idéntico a su padre Terrero en la bondad y prendas de carácter, según la señora. El bromista Rodrigo, más dado a las letras y a la música, afición placentera que seguía compartiendo con el hermano mayor en los ratos libres y reuniones familiares; un piano Schiedmayer adornaba el salón y no pude dejar de ver algunas piezas de Bach sobre el atril. Manuelita probablemente no cantaría ya los aires de *El Barbero de Sevilla* ni la *Canción del Pirata* con los que había cautivado a sus contemporáneos.

—Los hubiera escuchado usted, señor Victorica, cuando eran estudiantes. Manuelito tocaba el piano y Rodrigo el violín. Los pedían siempre los buenos frailes dominicos para fiestas de la iglesia y conciertos de caridad. A mí ahora se me ha dado por la música alemana —añadió, siguiéndome la mirada—. Ya no tengo voz ni quizá humor para canciones ligeras.

Recordé haber oído comentarios sobre los jóvenes Terrero en Buenos Aires. Distinguidos profesionales que hablaban con fluidez varios idiomas, ambos eran ya, también, jefes de familia. Quienes los habían conocido los apreciaban. Hasta las más recalcitrantes cepas unitarias convenían en concederles las mejores cualidades del intachable Máximo y la bondadosa Manuela, sin achacarles ninguna pesada herencia que pudiera provenir de su abuelo materno, el bárbaro Dictador.

No me atreví a preguntar por el escarpín y pasamos a revisar mi situación y la situación de nuestra patria una vez que los éxitos de los hijos, los méritos de las nueras británicas y las gracias de los nietos fueron exhibidos y aplaudidos satisfactoriamente.

—Veo que ha preferido no seguir usted las huellas de su abuelo don Bernardo, o de su padre el abogado, que ha hecho tan buena carrera como ministro de Guerra.

—Las de mi padre me han parecido más practicables, pero sólo en lo que respecta al Derecho. Y aunque no soy abogado sino médico, creo que las artes de la salud y los acuerdos civiles son mejores que el oficio de las armas.

—Así será, hijo mío, aunque la virtud de los hombres es tan cobarde que no basta la higiene del cuerpo y el alma ni las recomendaciones de la concordia y la prudencia para sujetarla en su sitio.

—Por eso insistimos con los regímenes y las leyes.
Doña Manuelita suspiró.
—Si fuera sólo insistir... Vea usted, si no, el desquicio en que ha vivido el país luego de la caída de mi padre, a quien tantas culpas echaron. Cuando a lo menos parecían haber dejado de matarse los unos a los otros, la deshonestidad y la desenfrenada codicia han colmado los ánimos. Y no se crea usted, joven, que hablo por boca de ganso. No sólo me atengo a los viajes de mi marido por las enojosas cuestiones de mi herencia, ni a los libros y diarios que nos llegan. Yo misma he vuelto hace poco a pisar la tierra donde nací, en el año ochenta y seis, como tal vez le habrán contado, si es que alguien se atreve a hablar aún de Manuela Rosas en esa ingrata ciudad que nos odia.
—No diga eso, doña Manuelita. Sí se habla de usted, y se habla bien, y hasta los enemigos consienten en admitir su benéfica acción durante el gobierno del Señor Brigadier. Pero ya sabe que la historia la escriben los vencedores y no todos se atreven a marchar abiertamente contra la impuesta opinión general. Aunque en el fondo de sus corazones...
—Son fondos que no tienen puerta de entrada, y los tesoros, si los hay, no han de verse. Como no tuve el placer de verlos a usted ni a sus padres en los penosos días que allí estuve.
—Tampoco nos hallábamos nosotros en la capital por esas fechas. Bien que sintió mamá el haber perdido la ocasión de saludarla después de tantos años, aunque no hubiese sido del círculo de sus íntimas.
—Un círculo siempre abierto, señor Victorica. En Palermo, todos los honrados federales eran bien recibidos, sin distinción de sexos, ni de alcurnia, ni de fortuna.

En la corte de Manuela, es verdad, flotaban vaporosas las damitas de las mejores familias porteñas de color punzó: las hijas de los grandes hacendados, las sobrinas de los más altos dignatarios de la Iglesia, junto a otra clase de sociedad que repugnaba a algunos estómagos ilustrados y prolijos, como el autor del cuaderno de tapas encarnadas. *Camino hacia la casa imperial y pienso que el mismo rey Fernando de Nápoles, tirano de mi patria, era un señor más benigno que mi amo el Restaurador de las Leyes. Y sin duda, más refinado. Al menos las hordas que lo servían estaban sólo en los cuarteles y no pululaban por los patios de palacio, como sucede en la casa del Gobernador. Hombres oscuros de caras tajeadas y anchos cintos del color de la sangre me saludan cuando entro, sin ocultar del todo su taimado desprecio hacia lo que soy o represento aún: un gringo, un "bachicha", y sobre todo, un hombre de letras. Ellos —completamente analfabetos— no necesitan de las alambicadas o banales justificaciones que despliego en tantas páginas impresas con curiosos garabatos. Pero todos nosotros —ellos y yo, ay de mí— somos meros instrumentos, sirvientes. Y mi servidumbre es más vil, porque yo no amo al señor como lo hacen sus fieles vasallos. Porque yo no creo.*

Las negras y las pardas se mezclan con los gauchos. Me acogen, ellas sí, obsequiosas, y me conducen a la sala de recibo donde atiende la Niña, doña Manuelita. Me resulta extraño llamar así, doña Manuelita, a esa mujer que hoy pasa apenas de los veinte años y ya ha comenzado a reinar con sosegada firmeza.

—De modo que no ha tenido usted grata impresión de Buenos Aires.

—No, señor. Y no solamente por las gentes de mala memoria que prefieren desconocer los beneficios recibidos. Es que a fuerza de querer imitarlo todo, la ciudad se ha quedado sin carácter propio. En algo sí que le doy la razón a nuestro pertinaz enemigo, el poeta Mármol. Ya recordará usted cuando dice que los argentinos, o acaso, mejor dicho, los porteños, no tenemos de la civilización sino sus vicios.

La dama comenzó a echarse aire con el abanico de antigua gracia rioplatense, como para aplacar el fastidio.

—Y por lo que veo, no han mejorado las cosas, ni mejorarán, ay de mí. Si pudiéramos verlo, ya mismo le apostaría a que todo sigue igual el próximo fin de siglo. Pero en fin, dejemos a los perdidos que se pierdan, y vayamos a cosas de más provecho. Usted es un hombre de estudio, como mis hijos. Supongo que son precisamente esos estudios los que lo traen a Londres.

—Supone bien, doña Manuelita. Estoy cursando un seminario de cirugía general dictado aquí por una de las autoridades en la materia. ¡No sabe usted cuánto se ha avanzado en este campo! Desde hace ya unos años, gracias al escocés Lister, era posible prevenir las infecciones quirúrgicas con fenol. Pero ahora, en los Estados Unidos de América, otro cirujano acaba de lograr una asepsia completa usando guantes de goma.

—¡Guantes de goma! Quién lo diría. Con lo feos que son... Si hasta huelen de manera desagradable.

—Lo que no les impide resultar una barrera eficaz contra los gérmenes. Lamentablemente, estos descubrimientos están lejos aún de haberse difundido en todas partes. Luego del curso pienso irme hasta Viena.

—¿A Viena? Por allí anduvo también mi malograda prima Eduardita, la escritora, la hermana de Lucio. Y allí murió Manuel García, mi pobre primo político. Pero, ¿por qué va usted? ¿A escuchar valses? ¿A ver palacios o monumentos?

—No exactamente. Aunque tal vez pueda conocer un monumento vivo antes de que lo declaren tal. Se trata de un médico neurólogo que está revolucionando el ambiente. Unos lo abuchean (es lo que ocurrió el año pasado en las sesiones de la Sociedad Médica vienesa), y otros dicen que es un genio y un profeta de la nueva medicina. Se llama Sigmund Freud, o sea, Segismundo Alegre.

—Vaya nombres que se ponen estos alemanes. ¿Y por qué de la nueva medicina? ¿Es que la actual ya no sirve?

—Pues no exactamente. Pero se ocupa sólo del cuerpo, y con eso no basta. Se supone ahora que hay enfermedades causadas primordialmente por trastornos del alma, y Freud, por lo que dicen, ha descubierto otra manera de acercarse a ese misterio.

—¿A usted le parece? No creo que ningún ser humano, por médico que sea, pueda ver cabalmente en el alma de otro. Y si el alma está enferma, y con ella el cuerpo, para curarse está la fe, y acaso el sacramento de la confesión.

—¿Se confiesa usted?

—Claro. Nunca he dejado de ser buena católica.

—Mejor así, si conserva esa gracia.

—¿No la conserva usted, hijo mío? Pues rezaré con su ángel de la guarda, para que le sea devuelta.

La voz de mi madre parecía superponerse a la de Manuelita. Sonreí.

—Mucho se lo he de agradecer. Si usted reza por mí, quizás eso me haga mejor, aunque no llegue a hacerme más creyente.

Quedamos en un silencio cortado apenas por el rasguido del abanico. *Rodeada por su séquito de mozas casaderas —algunas de las cuales pescan, en efecto, partidos suculentos entre los diplomáticos embobados—, la hija del Restaurador no vacila en utilizar todas las gracias de que la Naturaleza ha dotado a su sexo. En la mano el abanico de seda, vestida con las mejores telas de la Francia, adornada con todas las joyas de la soberbia España que le han legado antepasadas no menos arrogantes, ella refulge en los salones con la más sutil de las desvergüenzas: ese arte por el cual las mujeres del alto mundo político, con fría determinación, hacen un arma de sus sentimientos y un ariete de su presunta fragilidad, para dominar a los varones que, de aquí en adelante, no podrán ser sino sus servidores o sus enemigos.*

Volví la vista hacia la chimenea.

—¿No ha puesto usted el retrato de doña Encarnación?

—Más cerca lo tengo. Sobre mi propio pecho y no sobre el mármol. Véalo aquí.

La señora abrió un camafeo que colgaba sobre el cuello de amplias puntillas. Era un relicario que guardaba dos imágenes femeninas: una anciana de nariz enérgica y enormes ojos claros —transparentes, como los de don Juan Manuel— y una mujer de pelo oscuro, fuerte mandíbula, y rizo agitanado sobre la mejilla.

—¡Qué joven era al morir! —suspiró, señalando la segunda imagen. Ahora ella ha pasado a ser casi mi hija.

El aire de la habitación se puso espeso. Algún criado, conocedor del gusto de la dueña de casa, estaba quemando pastillas aromáticas. Doña Manuela caía en sí misma, como una plomada vertical buscando el tiempo.

—La noche en que murió mi madre, doctor Victorica —dijo, aunque no hablaba para mí—, yo no la estaba velando. Es que su enfermedad había durado muchos meses, hasta convertirse en rutina. Tantas veces habíamos creído estar oyendo su último aliento que nos acostumbramos a mirarla como a los soldados en la línea de la frontera. Se sabe que están expuestos a todos los peligros, que cualquiera de ellos puede caer bajo las lanzas del próximo malón, pero mientras sobreviven los consideramos como iguales, tan vivos, con las mismas posibilidades de permanencia que nosotros, los seguros, los que también estamos con un pie en la línea de la frontera sin apercibirnos de ningún riesgo visible.

"Era la inmensa voluntad de mi madre lo que nos había acostumbrado a su casi milagroso afincamiento en este mundo. Ya nos resultaba natural que se hubiese reducido a menos de metro y medio, y que al levantarla para arreglar las cobijas no pesase más que cualquiera de los almohadones. O que pudiese volver a colocarse sin esfuerzo en la muñeca izquierda el brazalete que su abuelo el francés Arguibel le había regalado a los doce años. Ya no nos asustaba que los ojos le ocupasen la mitad de la cara, o que su voz hubiese perdido espesor y volumen hasta diluirse en un susurro donde sin embargo trepaban las palabras con la misma curva imperativa que en sus días mejores.

Encarnación Ezcurra y Arguibel quiso inesperadamente dejar de vivir no frente a su hija, sino ante Juana Ezcurra, su hermana, y Mariquita Sánchez, que no había sacrificado ni sacrificaría nunca la vieja amistad de las familias a las enemistades de partido. Ni Rosas, despierto pero trabajando todavía, ni la Niña misma, alcanzaron a presenciar el tránsito. La premura no permitió tampoco confesión ni viático. Manuela desmentía que su madre hubiese suplicado por un confesor, y que Rosas se lo hubiera negado por temor a que revelara los secretos políticos que les eran comunes, o los crímenes de la Santa Federación.

—¿Por qué iba a hacerlo, señor Victorica? Ni mi madre hubiese confesado secreto alguno, ni estaba arrepentida de ningún crimen. Murió dichosamente entera, sin ninguna duda de que había combatido por la mejor causa, o por la única posible.

¿Por qué iba a hacerlo, en efecto —pensé—, si, como decía De Angelis, *toda su fe en este mundo y en el otro la había consagrado a un hombre que para ella interpretaba y encarnaba los designios de un Dios cuya permanente ocupación era la felicidad de los argentinos...?*

Doña Encarnación fue amortajada con el hábito blanco de los dominicos. Rosas y jazmines del país se le esparcieron sobre el pecho. La hija lloró con desconsuelo cuando las dejaron a solas, sin acertar a definir por qué lloraba ni lo que había perdido. Acaso presentía que con ella se iba de su lado la fuerza y la pura pasión que no conoce vacilaciones. ¿Quién iba ya a tomar de esa manera un hecho, una palabra, una persona, para aplanarlos y moldearlos a su gusto, leerlos sin ambigüedad, convertirlos en un instrumento punzante y rectilíneo? Nadie a su alrededor poseía la absoluta simplicidad de ese coraje y la precisión de las inteligencias hechas para servir rápidamente a fines indiscutibles. *Encarnación Ezcurra no carecía de talento para la intriga, pero aún era rústica, y en definitiva, frontal. En otro mundo, con otra educación, hubiera podido parecerse a una Catalina de Médicis. En estas crueles provincias, con la fusta en la mano, fue mujer de valor sin llegar a ser dama. Sólo su hija cerraría el círculo con callados y sinuosos movimientos.*

—Madre había muerto demasiado pronto, doctor Victorica, me había arrojado entre las manos su propio destino incompleto, hasta un punto que todavía no era yo capaz de percibir.

¡Ah! Es que doña Encarnación sí era visible, tangible, audible. Una presencia poderosa que llenaba las casas de Buenos Aires, las casas de las estancias, los teatros donde ella y la Niña se presentaban con abanico y moño colorado, y también el aire donde relinchaban los caballos y combatían los ecos de los malones. Ella había dominado la combinación exacta de los elementos naturales y de las pasiones de los hombres. No los había encantado con su belleza, que no era notable, ni los había perdido con astucia o perfidia, sino con su clara y obstinada determinación. ¿Quién era Manuela a su lado? ¿Qué iba a hacer con la herencia peligrosa de su voluntad?

En aquel momento —la mano muerta entre las manos vivas de su hija—, doña Encarnación era todavía un ser humano. Pocas horas más tarde iba a convertirse en la imagen de una reina difunta. Primera actriz inmóvil de un teatro suntuoso que ocupaba todos los cuartos de la casa, que había engalanado los techos con toldos negros y colgaduras de raso, elevada en su gran catafalco por sobre los dolores comunes y los pequeños llantos de los individuos. Al día siguiente Manuela sintió que su madre no era la muerta, sino la Heroína del Siglo, la que desvió y acumuló el poder para Rosas en la Revolución de los Restauradores.

La muerte de la Restauradora —escribía De Angelis en el cuaderno— *me aproximó a su hija. Ella en persona se acercó a solicitarme que redactara la invitación para las galas fúnebres que convocaron a todo Buenos Aires. ¿Quién, aunque fuese enemigo, se hubiese negado sin peligro de su reputación o de su vida, a concurrir a las exequias? Cadáver exquisito, cuerpo traslúcido a la sombra de los cirios que avanza vertiginosamente hacia su transformación en símbolo. A su lado se enciende el resplandor carnal de la Niña Manuela, más blanca contra el negro de sus vestidos, de ojeras pronunciadas que no sólo al dolor sino al amor evocan.*

Manuela llora con recato ceremonial, sin dañar el yeso fino de las mejillas. Estrecha manos y recibe pésames, absorbe el olor a polvos baratos y al pachulí y al almidón de las enaguas de hilo del Paraguay que gastan las negras. Mira el cuerpo crecientemente ingrávido de su madre. Lo mira y piensa. Por debajo de las vestiduras de la Heroína, bajo las inscripciones en oro y plata y las letras de alabanza, entre la cuna de la pelvis que la enfermedad ya había comenzado a roer, está, imperceptible para todos, la minúscula bolsa de carne que la había llevado para darle la luz sobre la tierra veinte años atrás.

Los golpes de la mano de bronce contra la puerta nos devuelven a la realidad: Londres, la naciente primavera de 1893, la dama de rodete gris perla que deja resbalar una sola lágrima sobre la mejilla reluciente y dice:

—Disculpe usted, doctor Victorica. No sé por qué le he contado todo esto. Apenas nos conocemos, pero lo creo mi amigo. Déjeme que le presente a mi Máximo, que acaba de llegar y estará dichoso de verlo.

Alto y dignísimo y de gran barba nevada, el señor Terrero es grave pero no frío. Llama "querida Ita" a Manuela y le besa la mano al saludarla, con una dulzura pudorosa y profunda que nunca he visto en otro varón. Después de cuarenta años sigue agradeciendo la felicidad de haber desposado a la Niña.

Soy invitado, calurosamente, para compartir otro té en la próxima tarde. "Si apenas hemos cambiado dos palabras", dice Manuela. "Mi pobre Máximo no tiene más remedio que ocuparse en sus negocios y para mí las horas no pasan nunca."

Ella misma, a pesar del pie enfermo, se obstina ahora en acompañarme hasta el umbral. Cuando la puerta se cierra, sé, sin necesidad de volverme, que tras las cortinas del salón de recibo, los ojos pequeños y claros me siguen mirando.

CAPÍTULO 2

Las circunvoluciones de cerebros en dócil exhibición se me antojaron caminos que camuflaban el único laberinto para mí importante. El de la memoria, que construye a los seres desde el germen oculto de sus vidas pasadas. El que los hace ser lo que están siendo sin dejar de agraviarlos y transformarlos.

Con cierto desaliento, pensé que las modernas técnicas de la cirugía del cuerpo eran relativamente fáciles de adquirir. No sería lo mismo, en cambio, con los otros conocimientos: los que acaso prometía, desde su revulsiva heterodoxia, el doctor Freud; los que supuestos expertos en la vieja exploración de las almas habían sepultado bajo dogmas y preceptivas o ignorado en las rutinarias consolaciones de la penitencia.

Abandoné el hospital, comí con prisa, y luego de una breve siesta —hábito que me costaba dejar, aun en Londres—, me dispuse a escribirle a mi mujer. Conté muchas cosas pero no pude hablar de lo esencial: mi visita a la casa de Manuela Rosas. Acerca de esta cuestión, nadie en Buenos Aires o en el Entre Ríos sabía nada. Como tampoco sabían que yo hubiese abierto el cuaderno de don Pedro de Angelis (un secreto que mi padre, su indiferente custodio y depositario, había relegado a los cajones de lo inútil), ni que Rosas o su familia fuesen objeto de mi interés. Como todos los nacidos después de Caseros, crecí oyendo hablar de la Tiranía y de la Barbarie, horribles marimachos con bigote envueltos en varias yardas de tela punzó malcortadas por un sastre vernáculo y no por una tijera francesa. Aprendimos todos los estereotipos, clichés y cromos escolares que circulaban al respecto, y la legendaria figura del ogro de los cuentos fue sustituida otra vez por el mazorquero de cuchilla chorreante, como antes había sido reemplazada por la del general Lavalle, capaz de devorar en un santiamén a todos los niñitos que no tomaban la sopa. El haber nacido federal por los cuatro costados —pese a muy oportunos desplazamientos— no me eximía de ello.

Es que la generación de mi padre ya era otra cosa. No miraban para atrás. Los de familias federales, en principio, porque no era conveniente recordar lo pasado en un país donde la victoria pertenecía al bando contrario. No sólo era eso, sin embargo. Tenían otras ideas. Querían desprenderse, cuanto antes, de todas las telarañas que tapaban las habitaciones de un mundo antiguo. En el mundo nuevo había iluminación a gas, ferrocarril, edificios tan altos como los europeos, y los belicosos araucanos de la frontera asomaban sumisos en las caras morenas y los pies descalzos de las *chinitas* domésticas. En el mundo nuevo avanzaba el Progreso de impecable armadura: San Jorge vestido de frac inglés y armado con bonitos fusiles de última generación, descabezando bárbaros dragones babeantes.

En los dos mundos unos mandan y otros obedecen, unos pueden y otros no podrán, nunca, nada, más que agradecer el aire que respiran. En los dos mundos hay excelentes pretextos para ejercer dominio sobre el prójimo: antes sería el Orden vulnerado, ahora es el Progreso que no sólo corre, pronto volará también, en máquinas inéditas, con alas resplandecientes.

Cerré mi carta sin mayores comentarios, confirmando mi viaje a Viena y prometiendo a mis hijos regalos que todavía no había adquirido. A lo mejor, a la vuelta de todo, me animaría a confesarle a mi mujer la absurda excursión hacia tiempos arcaicos e imágenes congeladas en una sala de las afueras de Londres donde seguramente los nietos del Restaurador de las Leyes en los días de visita hablarían algo de español con fuerte acento británico.

Llegué a las cinco en punto a casa de Manuelita, con el mismo cochero de la vez anterior que se daba por contento con esperarme en la afable tertulia de la cocina; había en el servicio doméstico una llamativa irlandesita de pelo rojo. Me asombró ver a la señora no ya vestida de azul oscuro, como la otra tarde, sino de un estimulante rosa viejo que evocaba sus retratos de las mejores épocas. Colmaban la mesa del té dulzuras tan familiares como inesperadas, entre ellas un alfajor santafesino con tres capas de hojaldre y dulce de leche, bañado con azúcar blanca.

Sin esperar el llamado de la campanita apareció Gladys con el servicio en bandeja de peltre y una de esas enormes teteras inglesas que parecen castillos. A juzgar por la capacidad del recipiente, Manuela había previsto una extensa charla.

—¿Qué tal han ido sus clases de hoy, señor Victorica?

—Muy bien, doña Manuelita. Supongo que en poco tiempo deslumbraré a mis colegas de Buenos Aires con las novedades.

—Da gusto cuando se encuentra alguna novedad. Hay tan pocas auténticas en una historia que se repite. ¿No le parece a usted que en la vida sólo nos pasan dos o tres cosas, y que éstas nunca acaban de transcurrir? Aunque uno crea que vive de otra manera y que es otra persona y que habla en otro idioma. Durante años, señor Victorica, el pasado queda a nuestra custodia, como un documento cerrado que antes no se podía abrir ni descifrar, hasta que lo vamos comprendiendo, y en esa comprensión lo modificamos.

Tocó el camafeo, y el abanico de las imágenes se desplegó otra vez.

—Ésta era mi madre, sí. Pero no es ahora la misma que cuando yo era niña, en un tiempo del que casi no hallo recuerdos. Mis padres apenas aparecen en los retratos de la memoria. Mi hermano Juan Bautista y yo estamos siempre rodeados de tíos y de primos, de esclavos o libertos negros, de gauchos e hijos de gauchos, de criados y hasta de indios.

Manuela abre los ojos hacia adentro. Ve fotografías veladas por la nostalgia, o daguerrotipos de color sepia tras los cuales adivina, sin embargo, el movimiento de la vida y el perfume pesado de los tilos florecientes, el roce de las patas de los caballos contra los pastos altos, el fondo vacío del cielo pampeano donde el mundo se cae.

—Sólo mi padre, doctor Victorica, surge con violencia en esa masa de olores, colores y sonidos. Mi padre es un destello rojo y dorado. Brilla de la cabeza a los pies pero lo más brillante no es el punzó del uniforme sino los ojos azules; en eso se iguala al general Juan Galo de Lavalle. En eso, mal que le pese, son los dos unitarios. Él mismo me coloca, a mujeriegas, en la silla de montar sobre el petiso. Juan Bautista va a mi lado, en un caballo de alzada modesta. Empezamos al paso, y a poco trotamos, y luego galopamos, mientras el criado se afana, temeroso de una caída, pero Tatita suelta una gran carcajada con resplandor de dientes. Está orgulloso porque no tenemos miedo y vamos contra el viento, y está más orgulloso de mí que de Juan, porque soy menor y soy niña y acaso debiera temer, por la natural debilidad propia de mi sexo, pero no lo hago.

—Y su madre, me decía...

—No, mi madre no brilla. Mi madre es una mano sobre la frente en las noches de fiebre. Huele a espliego, tiene un surco pronunciado en una de las mejillas, da órdenes en voz baja para no despertarme. No sabe contar cuentos y toca mal el piano, pero a veces canta canciones francesas y sonríe también, con dulzura. Una dulzura que es, como toda ella, tan seca y rápida. Cuando me levanto, no se fía de las criadas y certifica ella misma, por las mañanas, que mi pelo haya sido bien trenzado, que no falte el almidón en mis enaguas, que no queden orlas negras debajo de las uñas. Le pido "la bendición, mamita", y se apresura a imponerme las manos sobre la cabeza. Es normalmente ella y no

Tatita, casi siempre ausente en las estancias, o en inspecciones, en las guerras civiles o en guerras de frontera, la que me dice: "Dios te haga buena, hija mía".

Manuela sabe que doña Encarnación puede arder a gran velocidad, y con esplendor fulminante, como el bosque donde se ha dejado caer una chispa. Por eso no provoca su cólera. Su sonrisa tranquila y regular desarma a la señora, y sirve hasta para perdonar las escaramuzas del hermano mayor con los gauchos, o con los indiecitos cautivos: "Según mi madre arruinaban su educación, según mi padre eran necesarias para que se hiciera hombre".

Poco más recuerda Manuela de ella en aquellos años. La ve de paso, tangente y adventicia, en un torbellino de actividad. Recibe y hace visitas a toda clase de personas, de cualquier índole y catadura: desde Vicente González, el Carancho del Monte, con su cicatriz oblicua, sus ojos achinados, y su balanceo de jinete que por no desmontar duerme sobre el caballo, hasta don Tomás de Anchorena, socio y pariente, que se viste con casimir, huele a colonia inglesa y lleva un esclavito a la zaga para que le sostenga el sombrero cuando se lo quita en la iglesia. Todos son iguales ante la Santa Federación —dice la madre—, todos son buenos para servir a la Causa.

En sus pocos ratos de soledad, la hija la espía en el escritorio, a través de la puerta que no llega a cerrarse. La ve escribir cartas cargadas de tinta peligrosa y pequeñas misivas de cumplido que mandará con las criaditas de razón; escribe a militares y abogados, a compadres del gauchaje y a eclesiásticos prominentes. Escribe a don Juan Manuel. En esos momentos el surco en la mejilla se profundiza y comienza a vibrar con un temblor nervioso. Sólo años más tarde comprenderá Manuela que doña Encarnación, altiva y práctica, está locamente enamorada de un hombre que se sitúa siempre un paso más allá, en la extensión de la geografía o en la intimidad de los afectos.

—Sólo tantos años más tarde, hijo mío, tendré pena por ella...

Sabrá entonces que la señora joven piensa en las avezadas

cuarteleras de los fortines y en las indias núbiles de piel tan lustrosa como el satén. Y aunque no se rebaje a comparárseles (ni don Juan Manuel la compararía), porque desciende de vascos y de franceses de pro, y tiene sin duda la sangre de otro color, como la piel, piensa que la sangre en todo caso no es visible a los ojos del amante, que el color de las superficies poco importa en la discreta penumbra, y que en todo caso, allí en la complicidad oscura es preferible el tacto del satén moreno, suave y casi graso, al delicado lino blanco que le cubre la carne y que cualquier roce vehemente podría arrugar o mancillar.

La madre piensa tal vez, por encima de todo, en los pensamientos secretos de Juan Manuel, los que no le confía y se reserva para sí, o quizá para "su oráculo", don Tomás de Anchorena. No pensamientos sobre mancebas, que no son para él objeto de tal esfuerzo espiritual, sino acerca de lo que más les importa a ambos: la política. Doña Encarnación está celosa no sólo de las mujeres del Desierto sino de los generales y de los estancieros, de los gauchos alzados que Rosas ha sabido domar como si fuesen baguales, de los guerreros indios mudos e incomprensibles que han hecho con él un pacto de sangre. Está celosa de lo que conoce y de lo que ignora. Lo desconocido la tienta; quisiera ir a buscarlo, montada en pelo de alazán o en la incierta comodidad de una galera: de cualquier modo lo haría. Le exige una invitación para sentar sus reales en el Desierto mismo pero don Juan Manuel guarda silencio, que es su taimada manera de negar, entretenido en amoríos o cerrado en conciliábulos para cercar el núcleo donde el poder de las mujeres no lo invada, y se limite a cumplir órdenes y a trabajar en su beneficio.

Manuela suspira y roza despacio la superficie de la otra imagen.

El Dictador tuvo una madre a su medida. O bien, una madre que no vaciló en forjar un hijo capaz de rebelarse contra ella misma, y salir a los campos, a labrar por su cuenta su fortuna. Así fue cómo se cambió el apellido Ortiz de Rozas en Rosas, a secas, con el que firmaría luego todas sus órdenes de gobierno. Pero más tarde volvió a los pies de la Señora con su mujer y sus hijos pequeños, a rendirle obediencia. Ella era fuerte, y de joven fue también muy hermosa. En su madura edad bastaban para embellecerle la mirada todas las luces de la inteligencia y de la guerra.

—Sabe quién era, ¿verdad? Mi abuela doña Agustina. Fíjese aquí.

Me muestra, bajo el retrato, un rizo espeso, color de oro y herrumbre.

—Es de su trenza, la que le había regalado a mi padre, y que él guardaba con devoción en sus cajones más secretos. En su madre pensó todos los días de su exilio, y la veneró siempre, como hijo agradecido. ¿Sabe usted? La cabeza a la que aquella trenza pertenecía aparece de pronto en mis recuerdos, como en la escena de un cuento. Veníamos del sur en caravana o en peregrinación, trayendo caballos frescos, ricos ponchos tejidos, quillangos y pulseras de plata. Eran ofrendas, dones de homenaje, se diría, como los que llevan los embajadores a reyes extranjeros. Desde los brazos de mi madre me presentaron ante esa especie de reina, mi abuela, que había sido mi madrina de bautismo, pero de la que yo no guardaba memoria. Doña Agustina llenaba el centro del salón y era menos alta que intensa. Encontré en sus ojos los ojos de Tatita y el mismo nimbo dorado sobre la cabeza. Podría haber sido una santa aureolada de los misales, pero la cara hermosa no era plácida y algo boba como la de aquellas ilustraciones ejemplares de los libros piadosos.

Manuela cierra con cuidado el relicario.

—Mis padres se inclinaron en señal de respeto, y mi abuela los levantó de su inclinación reverente, dándoles un beso y un abrazo. También yo fui elevada a la altura de su mejilla todavía tersa y pude ver y tocar una suave madeja de venillas azules bajo la blancura. De ese día no sé sino que se encendió completamente por dentro como se fueron encendiendo poco a poco todas las luces de la casa que olía a benjuí y brillaba como la farola que alumbra los pasos de un viajero en las noches inciertas. Años después aprendí con mi confesor, cuando me leía los Evangelios para hacerme las preguntas del catecismo, que aquella escena —o aquel cuento— podía haberse titulado "el retorno del hijo pródigo".

Yo pensé que ese día había comenzado también para Manuela, en forma deslumbrante y nítida, lo que podría considerarse su lento aprendizaje de hija, su labor minuciosa de descendiente. Sus padres eran hijos. Seguirían doblando la rodilla e inclinando la cabeza para pedir la bendición durante toda su vida, y hasta más allá de la muerte de quienes los habían engendrado. Ser hijo era (hasta para Rosas, el hombre que se hizo a sí mismo) aceptar los valores heredados, afirmar y confirmar, con un ancla insoluble, el orden precario y evanescente de este mundo. Y toda la vida tumultuosa que emanaba de la Madre, se identificaba en su corazón con la fuerza indeleble de la Ley.

Ser hijo, en definitiva, no era otra cosa que respetar esa Ley para poder convertirse a su vez en Padre y Madre, para que los hechos del futuro encontraran cauces previsibles, para dominar el terror del ignoto porvenir, para embridarlo y montarlo, ponerle cabezales y anteojeras, asegurarse de que marchase hacia adelante y en la dirección debida y deseada, olvidando encrucijadas o desvíos acaso seductores.

Así aprendió Manuela que existía un mundo conocido de rutinas regulares y estratos inmutables, donde siempre sería Manuelita, la Niña, o la Reina del Carnaval en el candombe de congos y benguelas. Bajo esas falsas ejecutorias, tras los oropeles de un día, estaba el verdadero cimiento de su poder: las tierras. Un país privado de trescientas cincuenta mil hectáreas a campo traviesa donde súbditos de caras oscuras y feroces, conmovedoramente leales, gritarían siempre a su paso (y aun mucho después —doy fe— de que ella se hubiese convertido en el mero recuerdo de otra época): "¡Viva el general Rosas! ¡Viva la Niña Manuela!".

Pero acaso la Niña siempre sospechó que algún día el caballo del futuro podría desbarrancarse, salirse del camino marcado, no obstante la pericia o la astucia del jinete. La mejor amazona de la Argentina sabía cómo montar el huidizo devenir. Saldría de pie en la peor de las rodadas, y elegiría el desvío que se perdía en el bosque, libre por fin del derrotero de la Ley.

—Muy pronto, hijo mío, comencé a comprender cuán alto era el costo de conservar el mundo en orden, tal cual lo entendían mis padres y mis abuelos.

¿Qué sería el "orden" para la pequeña Manuela? El cosmos monótono de la casa, con sus horarios de mate, almuerzo y desayuno, su momento de rezar el rosario, de coser y de bordar; las vastas estancias, donde los ritmos y los ritos de los hombres a caballo se ajustaban a la sincronía de un cuartel y donde el amo era el primero que se inclinaba ante Su Norma; la máquina reproductora de un tiempo siempre igual cuyo tránsito sólo se advertía en las gastadas caras humanas. Más allá de aquella fábrica tranquilizadora de la perfecta reiteración, estaba el Caos.

—El caos y la anarquía avanzaban inexorablemente, doctor Victorica. Ése era el asunto que desvelaba a mis padres y los mantenía reunidos hasta las más altas horas de la noche con los Anchorena, con Pacheco, con Arana, con Guido, con Mansilla. Yo escuchaba las voces inflamadas por cóleras viejas, y me escapaba al sueño, helándome sobre el piso de ladrillo los pies que habían dejado las sábanas calientes. Me escurría hasta la puerta de la sala y veía por el ojo de la cerradura cómo gesticulaban, dando puñetazos duros y sordos sobre la mesa de roble.

Entonces la Niña pasaba de la duermevela a la alarmante vigilia como si continuara escuchando los cuentos de la nodriza. Imaginaba a la Anarquía como una mujer de gran estatura, fiera y enloquecida, que cruzaba los campos labrantíos con una antorcha en la mano. Incendiaba las mieses en los graneros, acercaba la llama a los corrales donde los caballos se erguían sobre las patas traseras, destrozando los portones con la marca de las herraduras. Detrás de la Anarquía disparaban aullando, mezclándose en una alianza inexplicable, los antiguos lanceros de Quemalcoy y los militares unitarios de empaque napoleónico. Abrían tranqueras y candados, desataban cabalgaduras, liberaban toros furiosos, y en toda la tensa tierra sonaban las llamaradas como golpes de tambor y refulgían los cascos y los gritos.

—Gracias a la Anarquía se convirtieron en monstruos los seres más conocidos y familiares. Un milagro perverso. Así había ocurrido con Gregorio Aráoz de Lamadrid, amigo y compadre de Tatita, que se pasó inopinadamente al bando de Lavalle, y al que después, sin embargo, mi padre recibió con deferencia cuando regresó, para las fechas del bloqueo. Pero quizá la peor transformación había sido la de Lavalle mismo. ¿Es que no estaban nuestras familias unidas por los más apasionados lazos de la amistad, al punto que todos los Lavalle tomaron leche del seno de mi abuela doña Agustina, y todos los Rozas leche del seno de una Lavalle?

Y sin embargo, ese hombre que alguna vez había sido una criatura absolutamente desvalida, como todas las criaturas humanas, y al que los brazos de la madre de su padre habían acunado, era ahora, para Manuela, el Enemigo. En sus ojos transparentes, decían las negras, se ocultaba el demonio que vive en el agua del mar, y que sale de allí para dividir a las familias y atormentar a los hombres con el poder de la disolución. En sus lágrimas saladas no habría ya dolor, sino el ácido que roe las uniones y enfrenta los destinos. Desde el final del año veintiocho en que mandó fusilar a Manuel Dorrego hasta el año cuarenta en que invadió Buenos Aires, el pequeño demonio que había en sus ojos fue creciendo. Lo transformó en el cuco evocado por las amas de cría, que se llevaría consigo a todos los niños renuentes a comer o a dormir, lo convirtió, más allá de la fantasía de las esclavas o el encono de los payadores federales, en el hombre capaz de aliarse con los franceses para derrotar a Buenos Aires, y lo dejó por fin, saliendo de su mirada y vaciándolo, chupándole la médula de los huesos, diluyéndolo en fantasma y fugitivo, hasta que fue una cabeza sin cuerpo y un despojo.

—Ha sido sin duda un mérito del General Rosas lograr cierta concordia y tranquilidad en nuestra tierra violenta. Pero, y me disculpará si me equivoco, ya que no he conocido esa época, ¿no fue excesivo el precio que se pagó por esa paz, no se derramó demasiada sangre?

—Pues sería culpa de los insensatos y pendecieros y cismáticos que se oponían a mi padre, no de él, que sólo ansiaba la tranquilidad de la nación, y para ello empleó sus mejores años y todas sus fuerzas, y hasta descuidó la administración de nuestras propias tierras. Si hubieran entrado en vereda con buenas razones, nunca habría habido necesidad de desangrarse en guerras, que tan caras nos costaron a todos.

Los hombres de genio piensan por analogías fulmíneas, encuentran la equiparación material exacta para imitar, representar o reproducir por similitud de relaciones una realidad de naturaleza abstracta y superior. Rosas había logrado, por cierto, esa metáfora o representación armoniosa que el señor Domingo Sarmiento degradó y envileció con no menor genialidad: "Las fiestas de las parroquias son una imitación de la hierra del ganado, a que acuden todos los vecinos; la cinta colorada que clava a cada hombre, mujer o niño, es la marca con que el propietario reconoce su ganado; el degüello, a cuchillo, erijido en medio de ejecución pública, viene de la costumbre de degollar las reses que tiene todo hombre en la campaña; la prisión sucesiva de centenares de ciudadanos sin motivo conocido y por años enteros, es el rodeo con que se dociliza el ganado, encerrándolo diariamente en el corral; los azotes por las calles, la mazorca, las matanzas ordenadas son otros tantos medios de domar a la ciudad, dejarla al fin como el ganado más manso y ordenado que se conoce."

¿Pues no habría inventado Rosas, antes bien, una caricatura módica de ese Orden secreto que se escapa a los mortales? ¿Es que no hostiga y domestica el Dios de los creyentes a los suyos de parecida manera? ¿No se han cansado de predicar los curas en sus púlpitos y en la letra de los catecismos, que todo padecer contribuye a nuestra purificación, y todas las

humillaciones a nuestro encumbramiento celestial, y toda mortificación a la gloria divina y a nuestro definitivo remedio? ¿No se flagelaron los ascetas y los místicos, no ayunaron y penaron los santos, no se declararon siervos del Creador, entregados humildemente a su arbitrio y dependencia?

¿No podía el General Rosas representar mejor al Dios de los criollos que un gringo vestido con faldas blancas y sentado en el trono de un país distante? ¿No podía ser Rosas incluso un poco mejor que Dios mismo? Él no se digna dirigirse a nosotros, como no sea por interpósita persona. Rosas arengaba, animaba, consolaba a sus fieles. ¿Dios no devuelve a veces en la tierra el bien por mal, y engrandece al injusto y parece olvidar al hombre de virtud? Rosas, no obstante, recompensó siempre a sus seguidores y aliados. Ese Dios, si existe, nos ha encerrado en una prisión mucho peor que la de la ciudad domada: la del tiempo y el espacio y el deseo, y nos ha condenado a la muerte desde nuestro mismo nacimiento. Rosas fue derrotado y acaso purgará sus culpas con el exilio. Dios habita el Reino perfecto, el amparo perenne, y nosotros quedamos de este lado, donde cualquier imagen se deshace, desterrados en el valle de lágrimas, e ignoramos si algún día podremos entrar, junto al que Es, en el círculo invulnerable de "sus elegidos".

No sabemos, por otra parte, que Él se haya arrepentido de sus errores, de los visibles descuidos que desbaratan el Orden. Rosas se hacía poner el cepo como cualquier peón, obligaba a sus propios esclavos a darle de azotes por olvidarse el lazo o por no haber atado los tientos al salir al campo. Dios pasea por Su Universo inmensurable sin acordarse del remedio de sus criaturas, y a nadie consta que se castigue por ello. Dios fue capaz de enviar a la muerte en sacrificio —para Su Revelación y para Su Gloria— a su Hijo Unigénito y amadísimo.

Rosas exhibió en sus obras todos sus límites: cuanto era y cuanto podía. Él quizá acecha en el revés de la vida para mostrarnos Su Rostro inescrutable.

—Para construir el Orden, doctor Victorica, mis padres no tuvieron más remedio que apelar al desorden, si así puede llamarse a la Revolución de los Restauradores. Un desorden noble, henchido de buenos propósitos, cuya meta resplandecía, justificando todo padecer.

Ningún pretexto más útil que la Anarquía para el político astuto. Si la Anarquía no existiera —se dirá con Voltaire— sería preciso inventarla. El alfajor santafesino (una de las cosas del tiempo de antaño que bien merecía la pena haber conservado) se me iba disolviendo dulcemente en la boca, junto a la frase acerba del napolitano.

—No crea que era un desorden antojadizo, arbitrario, irregular. Por el contrario, aspiraba, como las academias de la lengua, a limpiar y dar esplendor, a restaurar en su legítimo lugar de privilegio el Orden prístino. Por eso, y no por otra cosa, llamaron a mi padre, con justicia, el Restaurador de las Leyes. Sabrá usted que su primer gobierno concluyó en el año treinta y dos. Fue una buena administración, a la que ni sus enemigos tuvieron fundadas razones para criticar demasiado. Paz en las armas y estabilidad económica —a pesar de la terrible sequía cuyos efectos Tatita intentó compensar con medidas varias—. *¿Qué importaba si, para lograr ese objetivo, se apelaba a los guerreros de la pampa, untados en grasa y pintados de carmín, exudando el ácido olor de las yeguas en celo? ¿Qué importaba si había en sus filas vagos y mal entretenidos, homicidas y aventureros, si Rosas había logrado convertirlos en regulares milicianos, en criminales obedientes? ¿No son eso acaso: criminales obedientes, los soldados que pelean bajo cualquier bandera?*

—¿Por qué la Revolución de los Restauradores, entonces? ¿Y la Campaña del Desierto?

—No contento con tales logros, y ya relevado del poder, en el año treinta y tres partió Tatita al Sur, dispuesto a extender la frontera, a explorar lo desconocido y a pacificar a los indios. A nadie podía extrañar que durante esa larga ausencia su mujer le cuidase las espaldas, ni tampoco que los federales netos o apostólicos contasen con él, y sobre todo con ella, que lo reemplazaba, para reponerse del golpe electoral del mes de abril, donde triunfaron los federales cismáticos, que hubieran deshecho de un soplo —de haber podido— todo lo que Tatita había edificado con tanto rigor y esfuerzo. Mi madre nunca estuvo sola en estos empeños, porque era caritativa, siempre atenta a las necesidades del pobre. Ella misma subía en su propio coche a las pardas y las morenas, agasajaba a los federales de ley y sin recursos, los atendía en sus enfermedades y en las de sus familias, los recompensaba con dineros oportunos y a veces con tierras para ayudar a su mínima subsistencia. Para nuestros enemigos no cuentan esos dones: dádivas eran ésas, dicen, y no derechos. Premios humillantes que el Señor otorga al siervo por su larga fidelidad, como sostendrían hoy los revolucionarios europeos. Pero también los unitarios eran señores y no concedían dádivas y mercedes más que a los ilustrados, ni reconocieron al gaucho derecho alguno.

Mi madre triunfaba. El pueblo se alzó en armas el 11 de octubre de ese mismo año treinta y tres, armado y estimulado esta vez para la subversión por ella y por mi tío Prudencio. Cayó primero Balcarce, puesto por los cismáticos, y al poco también caería Viamonte, su reemplazante, y renunciaría Maza, que sólo estaba preservando el lugar para la vuelta de Rosas.

—¿Y usted, qué hacía usted? ¿Cómo se criaba una señorita de familia en medio de tales combates y calamidades?

—Pues a ninguna niña se la instruía mucho en aquella época, como no fuese en la práctica de la religión y la virtud. Ya se hará cargo, además, de que no eran tiempos para aprender el piano, o el francés, ni mucha falta que nos hacía. En cambio yo sabía montar mejor que los coroneles de mi padre, y casi tan bien como él mismo, y muy pocos me ganaban en los ejercicios de tiro. Pero al que le diga que también aprendí a degollar, no le crea —sonrió ácidamente—. Aun entre los federales tenía algunos límites la educación de las señoritas... La verdad sea dicha, hijo mío, es que por ese entonces no me molestaba la carencia de letras. Mi mayor gusto eran los buenos caballos y la vida del campo, a donde íbamos en verano, y en todo momento posible

—suspiró—. Nunca he sido ni seré más feliz que en Los Cerrillos, o en la estancia del Pino.

La he conocido como una criatura sin nada de particular, salvo su extraordinaria afición a los caballos, que pasaría por intemperante y excesiva en cualquier educada señorita europea. Claro está que Manuela no es educada. Salvo que se considere educación a su francés mucho menos que regular, su piano elemental y su voz no desentonada que acomete con buena voluntad y bastante gracia romanzas y canciones de moda algo picantes.

—Mi madre no tenía mucho tiempo para consagrar a nuestro pulimiento, empeñada como estaba por completo en ayudar a Tatita. A mi hermano Juan le interesaban sólo los asuntos rurales, y a ellos se dedicó luego toda su vida. Y de mí, pues no se esperaba entonces sino que hiciese más tarde un buen matrimonio con el hijo de alguna familia conocida. Lo que más resentía mamá, eso sí, eran las compañías poco recomendables que acarreaban a casa las actividades de mi padre. Gentes de armas llevar y de bebida violenta, no siempre malos de corazón, pero que en ausencia de Tatita se desaforaban con palabras groseras y mujerzuelas. Le preocupaban sobre todo por mi hermano, que en paz descanse, cuya única debilidad fueron siempre las juergas, a pesar de que ni de padres ni abuelos tuvo ejemplo. Pero eso alcanzó pronto su coto, porque enterado Tatita, no tardó en echar a los desmandados y los pícaros.

—¿Pero cómo hizo usted para desempeñarse cuando debió cumplir las más altas funciones, junto a su padre?

—Bueno, ésa ya es otra historia que en su momento podré contarle detalladamente. El caso es que me puse a estudiar lo que no había estudiado antes, y acaso le hayan dicho —sonrió con coquetería— que no hice tan mal papel en mi obligada actuación como primera dama del Plata.

—Claro que sí. Por eso es más meritorio que en tan poco tiempo se haya puesto usted a la altura de tratar con ministros extranjeros y encumbrados diplomáticos.

—¡Oh! No fue mérito mío. Tuve muy buenos maestros.

—¿Y quiénes eran esos maestros?

—El profesor Camelino, en piano, y dos distinguidas damas en gramática e idiomas.

—¿Ninguno más?

—¿Qué otro, pues?

—Creo haber oído que también don Pedro de Angelis había sido su preceptor.

—No le hubiera gustado mucho a él que lo llamaran así. Preceptor fue cuando joven, allá en su país, en Nápoles, pero de los hijos de un príncipe. Nada menos que el rey Murat.

—¿Y a usted, le agradaba que la llamaran "la Princesa de las Pampas"?

—Doctor Victorica, si continúa burlándose de una mujer anciana que ya ha sido abuela, me veré forzada a negarme a recibirlo.

—No me burlo, doña Manuelita.

—Está bien, lo perdono, pero déjese de tonterías, aunque sean amables. Volviendo a De Angelis, no es cierto que fuese mi preceptor, ni cobraba sueldo por eso.

—Pero entonces...

—Que le han informado mal. Salvo que algún oficioso haya malentendido como clases las útiles conversaciones que a veces teníamos sobre libros. Cuando comencé a tratar con don Pedro, después de la muerte de mi madre, yo no había leído casi nada, y él lo había leído casi todo. Yo no había salido del Río de la Plata y él conocía prácticamente toda la Europa, y había alternado con el gran mundo en los salones de París.

—Y usted era joven y bonita, y él viejo y notablemente feo.

—Vaya manera de poner las cosas —se rió Manuelita—. Lo único que aceptaré de su afirmación es que yo era joven y don Pedro, admitámoslo, nada tenía de Adonis. Con decirle que el rasgo más notable de su fisonomía —y no por los atractivos— era su nariz. Lo de bonita, lo agradezco a su galantería. Y en cuanto a lo de viejo, pues no, en aquel momento no lo sería tanto. Quizá poco más de cincuenta años. Caramba, desde esta edad, casi me parece un chico.

—Pero entonces le parecería otra cosa.

—Sí y no. No faltaban los matrimonios de edades muy desiguales, como el de mi tía Agustinita con el general Mansilla. Claro que él era un soberbio buen mozo... y no se le notaban los años. Pero en el caso de De Angelis, ese asunto era irrelevante. A nadie iban a interesarle las escasas o nulas seducciones de su apariencia, sino lo mucho y bueno que sabía.

—Su mujer lo habrá encontrado agradable, sin embargo.

—Sobre gustos nada hay escrito, doctor Victorica. O quizás hay mucho escrito, pero nadie se pone de acuerdo.

—Dicen, sin embargo, que ella era una dama francesa, hermosa y de exquisita elegancia. ¿Melanie Dayet se llamaba, verdad?

—Pues era linda sí, aunque un poco descolorida. Una de esas mujeres tan rubias que parecen haberles borrado las cejas. Claro que quien figuraba era sólo De Angelis. A ella nunca la escuché decir nada por cuenta propia. Que era elegante también es cierto. Pero no crea que de muy buena cuna. Murmuraban algunos que había trabajado como doncella de la condesa Orlov, en cuya casa la había conocido don Pedro. Seguramente habrá aprendido modales y maneras de vestirse de sus patrones aristócratas. ¡Pobre Melanie! Cantaba cancioncitas de su tierra con buena gracia, aunque sin la picardía que sólo tenemos las criollas. Supe que murió ya muy anciana y casi completamente sola. Creo que le quedaban algunos amigos leales y el afecto de una mujer ranquel a la que ella había criado desde mocita, y dado una educación. Pero no es lo mismo que contar con hijos propios.

—Al menos eso es lo que queremos creer quienes nos hemos arriesgado a tenerlos.

—¡Pero hombre! ¿Qué necesidad hay de dudar así? ¿Es que no ha sido usted mismo un buen hijo? ¿Por qué los suyos no habrían de comportarse de igual manera? Si los ha enseñado como corresponde, ya verá los frutos.

Me quedé pensando. No creía haber sido el mejor de los hijos para el ministro Victorica. Demasiados silencios —silencios mutuos, a veces—, demasiadas opiniones disidentes, ásperas y sin pulir, que lo lastimaban y me lastimaban, dejándome a mí también a la intemperie, fuera del suave y seguro círculo de afecto que había rodeado mis años primeros. Preferí callar otra interpretación posible: que mis padres, más laxos que los de Manuelita, ya no me hubiesen educado "como correspondía".

Resonaron otra vez los golpes de la mano de bronce, indicando la llegada del dueño de casa. Doña Manuela se levantó para abrazar a su marido.

—Doctor Victorica, nos tendrá que pasar la cuenta de sus honorarios. Creo que usted tiene la milagrosa virtud de curar hablando. Y no sólo prosaicos pies. Hace tiempo que no veía tan animada a mi querida Ita.

—Confío en que hoy nos dará el gusto de cenar con nosotros —se adelantó Manuela, sin darme tiempo a responder.

—De ninguna manera quisiera incomodarlos con una cena imprevista. Además, tengo al cochero esperándome en la cocina.

—Me parece que él está muy conforme y bien atendido —apuntó Terrero con un guiño cómplice del que no lo hubiera creído capaz—. Eso sí, temo que tanta espera le va a costar una pequeña fortuna.

—Pues si no es posible, lo aguardamos mañana —continuó su mujer.

—¿Pero no se cansarán ustedes de verme, doña Manuela?

—No lo estaríamos invitando entonces. ¿O cree que no me significa un consuelo el hablarle de todo lo que fue mío y ya no existe? A través de usted me escuchan los muertos y vuelven a la vida. ¿No quiere que veamos, por ejemplo, a Facundo Quiroga entrando de nuevo en la sala iluminada donde lo conocí? ¿No piensa que también es un deber para mí misma entregarle mi memoria a un compatriota joven e inteligente, para que no sólo sepan usted y sus hijos lo que quieren decirle los otros: los que ahora nos están escribiendo el pasado?

La señora hablaba con vehemencia mientras Terrero asentía reflexivamente.

Nos despedimos, a solas, casi en la puerta. Doña Manuela me señaló las mansiones del frente y de los costados.

—Aquí viven vecinas y casi amigas. Compañeras habituales, que vienen con su canastilla de encajes y me cuentan los secretos de la repostería y del crochet, y critican a la lluvia que se obstina en entristecernos y en ensuciar el ruedo de los vestidos de seda. Buenas personas, damas honorables, que leen poesía junto al fuego y suspiran con una novela de Jane Austen. En mi vida del otro lado del mundo caben varias novelas, y todas tienen el defecto de ser inverosímiles para sus sensatos criterios... ¿A cuál de estas señoras, hijo mío, cree usted que podría entregarles lo que fui?

CAPÍTULO 3

Con su masa de ondulado pelo caoba y los ojos muy verdes, la muñeca parecía una réplica, pequeña y helada, de mi hija. Acaricié a hurtadillas la cara de porcelana, pensando en la mujercita de apenas dos años, a la que no había visto en más de un mes. Para los varones encontré dos ejércitos maravillosos: uno prusiano, el otro de la Francia, con tropas de infantería y caballería, cañones y variados armamentos. Daba gusto ver el cuidado extremo de la ejecución, la exactitud en los mínimos detalles de los uniformes. Sin embargo, cuando salí de la tienda con la caja enorme un repentino disgusto me paralizó, y no porque hubiese invertido en ella bastante más de lo que figuraba en mi presupuesto de viaje para esta clase de gastos. Me vi, de pronto, copiando burda y mecánicamente lo que todos los padres parecen haber estado regalando a sus hijos varones desde tiempos inmemoriales. Ejércitos destinados a deshacerse mutuamente. Bonito obsequio viniendo de un médico cuya especialidad era en gran parte reparar los destrozos hechos por otros. Yo también estaba educando buenos hijos. Ciudadanos dispuestos a cumplir sus deberes patrióticos, machos jóvenes dóciles para la guerra. ¿Criminales obedientes, como decía el cáustico De Angelis?

Volví a mi hotel y dejé bien guardadas ambas cajas que apenas podía cargar. Luego me vestí para la merienda y cena de la jornada. Estuve por elegir, de entre mis chalecos, uno de color casi rojo, borravino, parecido a los que usaban los federales antiguos, pero un vago pudor me hizo cambiar de opinión cuando estaba a punto de salir.

Subí al coche de siempre —ya me había hecho cliente fijo— ataviado sólo dentro de la discreta gama del gris. Cuando llegamos, sin necesidad de pedírselo, el cochero se adelantó a decirme que me aguardaría gustoso cuanto yo quisiera, y sin cobrarme extra. Está visto que en la vida muchas veces uno termina desempeñando funciones inesperadas, como en mi caso, la de Celestino o de Cupido.

Pensé en el chaleco borravino que había dejado sobre mi cama al ver a doña Manuela. Sin vergüenza alguna, vestía de rojo de los pies a la cabeza. Un rojo nada chillón, por cierto, tirando a ocre, que no le sentaba mal y realzaba su cara fresca y blanca, y su alto moño de pelo gris, pero todavía muy abundante.

—¿Le sorprenderá verme así, verdad muchacho? —se adelantó Manuela—. No es tono que prefieran en Inglaterra las señoras. Pero después de todo, yo no soy una señora inglesa, y al cuento de hoy bien le conviene este aderezo. ¿Recuerda que ofrecí relatarle mi primer encuentro con Facundo, el Tigre de los Llanos de La Rioja?

—¿Cómo no acordarme, doña Manuelita? De Facundo crecimos oyendo hablar todos los federales.

—Y hasta los que no lo son ya se han olvidado de serlo.

—Como usted lo diga.

—Pues para que sepa y contra su leyenda, nada parecía tener de tigre Juan Facundo Quiroga cuando lo conocí durante el año treinta, en el gran salón comedor de nuestra casa que encendió para él todos sus cristales y candelabros. Venía derrotado por José María Paz, pero llevaba con dignidad su derrota, honrando el coraje de su vencedor. Ni sus maneras ni los rasgos de su fisonomía evidenciaban esa ferocidad hirsuta que le adjudicó después en su libro el señor Sarmiento. Hasta la pelambre de la cabellera negra, que era crespa y furiosa, había sido peinada y domada con esmero. Llevaba un impecable traje de paño adornado con alamares de seda negra. Se inclinó ante mi madre, luego ante mi tía Agustina, y por fin, sonriente, ante mí, que no pude impedir el rubor. Yo tenía apenas trece años y aunque nos frecuentaba toda suerte de hombres de armas (y como le dije, no siempre de la mejor calaña), me emocionaba saberme delante de Facundo. La emoción llegó al colmo cuando el general pidió especialmente un brindis por mí. Nadie me daba importancia por aquel entonces, y al lado de Agustinita me sentía —como todas las niñas de aquel tiempo— un tanto deslucida.

Lo que más me asombró al ver a Quiroga fue el contraste que hacía con mi padre. Hubiera sido difícil, por cierto, aun buscándolo con empeño, encontrar dentro de la raza blanca un tipo físico más en las antípodas. El uno era rubio y el otro moreno, uno iba perfectamente rasurado y con el pelo corto, y el otro dejaba crecer en libertad barba, patillas y cabellera. *Los ojos de Rosas se volvían casi incoloros bajo las luces, y con la fuga del color todo significado se borraba y se diluía en una visión que penetraba los secretos de los demás hombres pero sin ceder en cambio intimidad ni correspondencia. Quiroga estaba entero en sus ojos completamente negros, entregado y vehemente.*

—¿Siguieron luego tratándose?

—No. Volví a encontrarlo sólo en el año treinta y tres, durante una gala en la casa de Riglos. Toda su familia se había instalado por entonces en Buenos Aires. Doña Dolores, su mujer, era una aristócrata de La Rioja, tan linda que quitaba el sueño (claro que nadie se atrevía a mirarla mucho, siendo como era la esposa del Tigre). Estaban también sus hijos, estudiando en los mejores colegios, sus hijas, que entroncaron en la sociedad porteña más distinguida. Facundo no manifestaba otro vicio que el juego, y lo ejercía con magnificencia en casas de pro, donde acudía una concurrencia selecta; incluso en la de mi tío el general Mansilla, que alguna vez hubo de reclamarle al caudillo cierta deuda contraída sobre el tapete verde.

¿Qué buscaba Quiroga en Buenos Aires? Sarmiento dice que la civilización, la cultura, la definitiva organización del país. Yo digo que deseaba figurar y no desvanecerse ante Rosas, y sobre todo ante López, que se le estaba adelantando en la preeminencia y en el proyecto para el Congreso Nacional y la futura Constitución de la República.

—¿Es cierto que Quiroga comenzó a tener entonces disidencias con otros caudillos federales, a raíz de la necesidad de constituir el país? Con López, el caudillo de Santa Fe, por ejemplo...

—Sí, pero lo que casi nadie sabe, hijo mío, son las causas más hondas de la terrible ojeriza que Quiroga llegó a sentir por él. Habría algo de celos políticos, como se dijo. Pero a mi ver el motivo principal era otro. Un motivo que a cualquier hombre de ciudad y de escritorio —no a mí, por cierto— le hubiera resultado incomprensible y hasta ridículo. López se había quedado con el soberbio caballo moro del riojano, y no quiso devolverlo ni siquiera al amigo que se presentó a buscarlo en nombre del general. A tal punto amaba Quiroga esa cabalgadura, que le escribió a don Tomás de Anchorena cuando éste intentó poner paños fríos sobre el asunto, quejándose de que pasarían muchos siglos antes de que naciese en la República otro caballo igual, y que no lo cambiaría ni siquiera por el valor de la Argentina entera, convertida en metálico. Así eran entonces los hombres, ¿qué le parece?...

—Aquello que dijo el Chacho Peñaloza, desterrado: "¡Tan luego en Chile, y a pie!".

—Pues a mí nada me extrañan tampoco esas nostalgias. Aun hoy, cuando ya he envejecido en una ciudad extranjera, y hace tiempo que no puedo permitirme el lujo de un caballo propio, me despierto muchas noches empapada en sudor y con un grito atravesado que nunca podrá salirme de la garganta. Sueño una y otra vez que he vuelto a Los Cerrillos o a los campos del Pino, que todavía no cumplo diecisiete años y que monto mi alazán tostado o la incomparable yegua mora que el tío Gervasio me regaló. Es primavera y voy galopando sobre la gramilla recién florecida, a tal velocidad que las cintas rojas que me atan el pelo vuelan al viento, y una manta oscura, lacia y brillante, me tapa los ojos y por momentos se aleja. Nunca he gozado ni gozaré tanta pasión de ser yo misma y serlo todo. Detrás de mí se juntan ecos de guitarra de algún rancho perdido en la llanura, y también, más cercano, el son monótono de los *kultrunes*. Son las mujeres cautivas que mi padre ha traído de la Expedición al Desierto. Están recluidas en barracas, a la espera de que se decida su destino. No las veo ni me ven, pero el canto de sus bocas ocultas acompaña las patas de mi caballo, sube y baja al compás de los cascos que evitan las vizcacheras y cortan los pajonales.

Las voces disonantes cantan la memoria más antigua del mundo, de cuando los seres humanos eran también animales del monte, eran el médano que disuelve el viento y eran la luna que sube. Cantan a su Dios Padre y a su Dios Madre, aunque han sido bautizadas al día siguiente de su captura. Se han puesto su nuevo nombre cristiano como un adorno, como un bordado más de su chamal, y siguen elevando sus cantos quebrados. También Manuela canta con ellas, algunas de esas noches. Su voz es un demonio tan fuerte como el vino, tan puro como el cielo donde acaban los límites. Empuja hacia adelante toda su vida creciente y poderosa mientras se cae al cielo y estalla en el resplandor. Y cuando despierta ya está ciega de lágrimas, vieja y pesada bajo las mantas inglesas, conteniendo el dolor para no dañar al hombre que duerme a su lado y que no merece su pena.

Las últimas palabras de doña Manuelita casi se perdieron, dichas en voz muy baja. Yo no necesitaba oírlas para entender. También era un hijo, no de la ciudad, sino de las grandes pampas que cubren varias provincias, que se extienden de Norte a Sur y de Naciente a Poniente y no terminan nunca. Son un planeta redondo cuyo cielo es apenas el otro lado del camino donde infinitamente volvemos a girar. Nadie que las haya conocido sobre el lomo del caballo puede mudarse de su círculo mágico.

—Pero volvamos a Quiroga, doctor Victorica —dijo entonces Manuela—. Como le contaba, lo reencontré en el año treinta y tres, en el salón de los Riglos. No podía imaginarme yo esa noche, mirándolo bailar, casi doméstico, casi, por momentos, leguleyo y del brazo con los doctores, que iban a concluir tan pronto y tan abruptamente sus días terrenales. Pero si yo no me lo imaginaba, sí lo hacía en cambio mi abuela doña Agustina, que no le había augurado a mi padre más que sinsabores por mezclarse en política. Tanto maldecía ella a Quiroga cuanto a Lavalle, a López como al Manco Paz. Casi inválida por entonces, aún regía la casa y desplegaba a pesar de sus dolencias una constante actividad. Una mañana de visita me incliné para pedir la bendición y me senté a su lado. "¿Qué, se va Quiroga en misión al Norte?". "Sí, señora —le contesté—, aunque Tatita guarda temores y lo ha prevenido para que acepte escolta." "De poco valen escoltas, niña. El que a hierro mata, a hierro muere, y bien haría tu padre en aplicarse ese sayo. Condenada sea la guerra y los que en ella entran por acaparar el poder. Y desde ya te digo que así nombrasen a mi hijo Juan Manuel emperador del Plata, terminará como todos. Si es que no lo matan para quitarle el cargo, a lo menos vivirá hasta el último día de su vida renegando contra la ingratitud de los que se encumbraron con él. Me parece, gracias a Dios, que tu hermano Juan Bautista no piensa del mismo modo y no lleva más ambición que la de cuidar y acrecentar con su trabajo lo mucho y bueno que le tocará en herencia."

"Luego, lo recordaré siempre, tuvo un gesto insólito. Me tomó la cara entre las manos y me miró dentro de las pupilas. "¿Y tú, niña? ¿Quién podría ver en ti? Tienes los ojos pardos de tu madre, pero no irás por el mundo como ella, con las pasiones puestas y la pistola al cinto. Ella se quemará y tu durarás. Lo tendrás todo, pero sabrás soltarlo todo cuando llegue el momento. Amarás a tu padre, pero querrás más a otro hombre, como manda la Biblia. Cuida a Juan Manuel, que aun acompañado de los más fuertes amores está solo, y que por su propia culpa será siempre solitario. Cuídate de la tentación del poder, pero cuídate, sobre todo, de tu piedad. Y ahora vete, hija mía, que me fatigo."

Doña Manuela, fatigada también, se hundió en la memoria con un rasguido de abanico y un tintineo de la cucharilla en la taza quieta. Los gestos mínimos cruzaban inmensas extensiones de tiempo, buscaban y traían a la luz mundos y seres desaparecidos.

—Piedad. Imagínese. ¿Qué sentido tenían semejantes recomendaciones? ¿Qué daño podía hacer la piedad? ¿Cómo podía pedirse a alguien que se cuidara de la propia piedad en un país donde sólo se pensaba cómo matar mejor al adversario, y donde esa virtud —la cualidad por excelencia del sexo bello pero no muy débil, a juzgar por las damas de mi familia— era tan necesaria? ¿No dijo el mismo don Miguel de Cervantes que en la mujer bien nacida la piedad es tan natural como la crueldad en el hombre? ¿Y tan luego mi abuela me daba ese consejo? Ella, que todos los viernes no sólo distribuía limosnas en abundancia, sino que buscaba una enferma en el más deplorable y repugnante estado, la subía en su propio coche y la instalaba en su casa donde una de sus hijas —la de turno— personalmente se encargaba de cuidarla hasta el momento en que sanaba o en que el cielo disponía otra cosa.

"Pero después comprendí, hijo mío, que puede entrarse en la piedad como en un refugio donde estamos a salvo tanto de la maledicencia como del compromiso con nuestra propia vida que espera ser vivida cabalmente: sin gestos a media agua, también con errores, con insidias, con daños. Mi padre quizá, señor Victorica, no era piadoso. Pero se hizo plenamente responsable hasta del peor de sus actos.

La señora calló, concentrándose en su té. Pensé en el fusilamiento de Camila O'Gorman, amiga y compañera de Manuelita. ¿Sería ése el "peor de los actos" del Dictador, también para su misma hija? Rosas nunca abjuró de su decisión. La tan alabada piedad de Manuela, por el contrario, no parecía haberle dejado ni dicha ni tranquilidad de conciencia.

Bruscamente, cambió de tema:

—Si a alguien faltó toda sombra de humanidad y compasión fue sin duda a los asesinos de Quiroga.

—Es verdad. Se ha dicho y escrito hasta el hartazgo la manera en que el Tigre y sus acompañantes fueron muertos a tiros y puñaladas y luego pasados a degüello. Incluso el niño sobrino del postillón, que no había cumplido los doce años.

Sarmiento ha hecho con un solo libro su gran obra política. Durante generaciones, los argentinos verán a los hombres públicos quizá sólo como él los ha pintado. Quiroga será para siempre esa cabeza heroica que entreabre las cortinas de la galera, e interpela con arrogancia a su asesino. Será un cuerpo valeroso que viaja tercamente hacia su fin, ruedas y caballos volando sobre el campo muerto de hambre, urgido por una desmesurada voluntad, habiendo rechazado no sólo la escolta que Rosas le ofreciera a la ida, sino la que le proporcionaba el gobernador Ibarra para pasar por Córdoba, la docta. Murió sin creer en su muerte, o quizá con la perfecta deliberación del que se ha enamorado de su propia fatalidad y va a buscarla para trascenderse. La cabeza tormentosa de Facundo enfrentando a Santos Pérez, y con él a los Reynafés, y a López, y al propio Restaurador, diseñó una medalla más perenne que la de cualquier bronce. Jamás tendrá Juan Manuel de Rosas una semejante.

—Yo nunca pude ver a Quiroga como el caudillo bárbaro que mandaba degollar prisioneros y confiscar los bienes, aquel cuyo solo nombre provocaba el desmayo de las mujeres y de los niños, el ogro sombrío que imaginó Sarmiento. Para mí fue siempre el caballero pálido y galante que bailó conmigo en los salones de Buenos Aires, el respetuoso marido de Dolores Fernández, el que entregó dinero y transporte para su socorro a la mujer de su eterno adversario Lamadrid. El primer varón que alzó una copa en mi homenaje cuando yo me asomaba apenas a la sombra posible de alguna belleza.

Me atreví entonces a la pregunta que ella estaba adivinándome en los ojos desde la primera taza de té.

—¿Cree usted que el crimen fue suficientemente investigado?

—¿Piensa acaso que mi padre mandó matar a su aliado apreciadísimo? ¿Es eso lo que quiere usted decirme?

—No, no. Pero como se sospechaba tanto de López...

—Eso supone Saldías, entre otros. Ya verá usted cuando lo lea. Se celaban, sí, ya lo dije. López era viejo y taimado. Quiroga todavía joven, valiente, jactancioso. Pero más rabia le tenía —pienso yo— Quiroga a López, que a la inversa. Y en lo que hace a mi padre, quítese usted hasta la mínima sospecha de la cabeza. ¿O cree que si no la viuda de Quiroga lo hubiera estimado como lo estimaba, mandándole dinero para ayudarlo hasta en el exilio?

Jamás se librará Rosas de la acusación que ha recogido y ha arrojado el sanjuanino sobre el mundo entero. Toda la Europa sabe ya que fue ejecutado Santos Pérez, el autor material, lanzando su grito: "¡Es Rosas quien ha matado a Quiroga!". El Restaurador tenía, después de todo, motivos políticos: Facundo se hallaba decidido a lograr la Constitución de la República. Rosas no creía ni cree en constituciones, sino en la mano única que sujeta las riendas del poder, y retardará toda esta clase de deliberación cuanto le sea posible. Tenía, acaso, también, motivos domésticos: una hija de dieciocho años, que despertaba los sentidos de los hombres, más que por su belleza, por la suavidad de su voz y su ambigua sonrisa de Gioconda, y el encanto sinuoso de sus movimientos. Una hija que miraba y a quien miraba el Tigre de los Llanos de La Rioja.

—Pues no me extraña. Su señor padre también ayudó a la familia de Quiroga cuando él era poderoso y cuando el Tigre había dejado de ser un obstáculo. Y doña Dolores habrá preferido no creer nada, como tantas otras mujeres, y desautorizar incluso las habladurías que circulaban sobre usted y sobre su marido.

Las palabras se me fueron de la boca, y acabé mordiéndome la lengua. La cara de doña Manuela se había puesto del color de su vestido.

—¿Pero qué está diciendo, mocito? ¿Quién le ha venido con semejantes cuentos? ¿O es que su otro abuelo, el general Urquiza, se divertía difundiendo infamias en su palacio del Entre Ríos? ¡Más le hubiera valido cuidar su propia moral, él nada menos, que tuvo cien hijos con otras tantas mujeres, en vez de ponerse a vigilar honras ajenas!

—Nada tiene que ver con esto mi abuelo, señora. Es que...

—Peor entonces, si la fábula es idea suya.

—Pero doña Manuela, si yo no había ni siquiera nacido cuando asesinaron a Quiroga. Son habladurías que he repetido con imprudencia, y le ruego que me perdone.

—¿Habladurías de quién?

Tartamudeé.

—No sé, no recuerdo. Cosas que se oyen. Quizá gentes que venían a casa cuando yo era chico.

—Buenas amistades tendrían sus padres.

Callé mientras el abanico, una y otra vez, golpeaba el aire secamente.

Bebimos, en el mismo silencio, el té que ya se enfriaba en nuestras tazas.

Manuela suspiró.

—No quisiera hablar más. Me duele la cabeza. Abra usted, por favor, el primer cajón de ese *secrétaire*, y tráigame el álbum que está allí. Voy a mostrárselo mientras esperamos a Máximo. Quizás encuentre también a algún pariente suyo.

Los más altos exponentes del rosismo familiar fueron desfilando ante mí, retratados en distintas épocas de su vida. Agustina Rozas de Mansilla, la mujer más bella de su tiempo aun para sus detractores unitarios, lucía su piel incorruptible y sus facciones de estatua en un traje de fiesta; más lejos, los años la mostraban como la conocí en Buenos Aires: viuda, matronil y abundante, vestida de seda negra. Lucio Victorio, el de los indios ranqueles, posaba de *dandy* para el fotógrafo Witcomb, multiplicado por cinco en un desafiante juego de óptica; Máximo y Manuelita recién llegados a Inglaterra, empezaban a engordar serenamente sobre los escombros de la ruina política. Juan Bautista Rosas, de ojos pálidos y desvaídos y cerrado bigote canoso; dedicaba su imagen al "puro corazón de mi querida hermana Manuela". La tía Mercedes, hermosa y redonda, asomaba al vacío del tiempo una boca pequeña de carmín subido y unos ojos de imaginadora pertinaz.

La señora la apuntó con un dedo:

—No sabe usted cómo la quería Tatita. Era bromista como él, y muy valiente, y valía más que diez literatos unitarios engreídos y pomposos, aunque ellos se rieran de sus novelas. Urquiza le quiso mandar custodia para proteger su casa cuando entraron las tropas en Buenos Aires. ¿Y a que no se figura lo que le contestó a su mandadero?: "Pues dígale al señor general que después de la manera en que él ha traicionado a mi hermano, me siento mucho más protegida por mis pocos y leales servidores".

Tasqué el freno y mastiqué mi impotencia, resignándome a cargar con culpas ajenas.

—Pero fíjese usted. ¡Si aquí está Tatita con don Bernardo!

De cierta manera, me estaba ofreciendo la redención a través de mi abuelo paterno, el Jefe de Policía de don Juan Manuel, que a pesar de ciertas desavenencias no había cambiado de bando cuando cayó el gobernador, y al que me vinculaba, además, una tranquilizadora semejanza fisonómica.

Manuela rozó la superficie de los retratos.

—Algún día el papel se borrará. Pero para ese entonces, todos llevaremos ya tantos años de muertos.

No hubo cena esa noche. Cuando llegó Máximo la señora adujo un malestar pasajero y se retiró a su dormitorio. Fui despedido con irreprochable pero fría urbanidad, y nadie —ni ella, ni Terrero, demasiado afligido por la salud de Ita para pensar en otra cosa— me invitó a reanudar las visitas.

CAPÍTULO 4

Mi imagen se diluye a medida que la tierra de la llanura me somete y me envuelve con sus poderes de perder y de borrar. Necesito recordarme que en otra vida, en otro tiempo, fui un oficioso diplomático, que frecuenté los salones de París y la casa del conde Grigorii Vladimirovich Orlov, que estampé mi firma en la Revue Européenne *y en la* Revue Encyclopédique, *que fui amigo de Destutt de Tracy y del Barón von Humboldt.*

Casi tres lustros llevo aquí, en este confín del planeta, traído por Rivadavia, el de las seducciones de orador y las delicadas fantasías en una cabeza demasiado grande para su pobre mundo. Y yo, el masón, el carbonario, que no creía ni cree en Nuestro Señor Jesucristo, sí creí en él. Después de leer con indiferencia las bellas fábulas del Génesis y del Jardín del Edén, concluí prestando ciega fe a los cuentos, no menos bonitos y no menos fabulosos, del Río de la Plata y sus manzanas doradas.

El cuaderno de tapas rojas me quemaba las manos, y lo seguí abriendo y cerrando obstinadamente entre los intervalos de mis clases y el tiempo de la espera. Ningún papel, ningún mensajero, llegaba de la casa de Belsize Park, cuyas puertas de extraño paraíso parecían haberse cerrado en forma definitiva.

Me incomodan las cabalgatas, y no aprecio el viento frío ni la escarcha trizada en diminutos cuerpos brillantes por las patas de los caballos. Sin embargo, una promesa de felicidad me acompaña desde que recibí la invitación de la Niña para compartir su paseo matutino.

¿Será porque yo sólo temo y ella puede? ¿Será porque carezco de todo y ella dispensa todos los dones? Yo también —sin preverlo y sin quererlo— soy para ella un suplicante.

—Señor don Pedro —comienza, mientras arrecia el trote—, he visto que su Colección sigue interrumpida.

—Así es, señorita Manuela, para mi gran pesar. Ignoraba que Ud. me hacía el honor de interesarse por esta obra.

—Señor don Pedro, en estas playas a las mujeres sólo se nos enseña a coser, bordar, leer y escribir más mal que bien, y a tocar medianamente el piano. Pero eso no me impide estimar la importancia de su trabajo.

La sorpresa me quita el habla. Aprovecho el galope tendido al que se ha lanzado, para demorar o anular cualquier respuesta. No soy mal jinete, pero ella me deja atrás con habilidad inimitable y una sonrisa que sería irónica y hasta insultante si fuera otro varón el que me la dirigiese.

Cuando recupero mi lugar a su lado, la Niña retoma nuestro diálogo.

—Sé cuánto lo aflige la falta de papel.

—Muchísimo, mademoiselle.

—Podría hacerse algo. Tengo buenos contactos en Montevideo.

Otra vez me quedo mudo. ¿Contactos en Montevideo? ¿Con los proscriptos? ¿Es que los hermanos Varela van a enviarle algunas resmas de buen papel por el gusto de imaginarse, iluminada de gozo, su cara bonita? ¿O pensará mandar al poeta Mármol —no menos unitario, pero que según dicen está absurdamente enamorado de ella— en calidad de mensajero?

—Por cualquier gestión que usted haga para proporcionarme el material con que seguir editando mi Colección de obras y documentos de las provincias del Plata, le quedaré infinitamente agradecido.

—¿No le agradaría probarme su agradecimiento?

Aunque la pregunta viene de Manuelita, no puedo evitar que un escalofrío me recorra la espalda. ¿La habrá comisionado Rosas para que me encargue de llevarle —prolijamente envasado— tasajo de periodistas clandestinos u opositores? Los que la calumnian —porque calumnias son, a la verdad— ya retratan a la Niña jugando con velludas orejas secas de militares rebeldes, o mostrando a las visitas las cabezas de los enemigos —*bien dispuestas, como jarrones de Sèvres, en una vitrina del salón*—.

Trago saliva.

—Estoy a sus órdenes para lo que mande, doña Manuelita.

—Quisiera que su merced me dé clases.

El pedido me desconcierta.

—No he vuelto a abrir escuela, mademoiselle. Y tal vez su padre, o su novio, no vean con buenos ojos que yo imparta lecciones particulares a una señorita mayor de edad, virtuosa y casadera. Por lo demás, nada que yo le enseñe podrá acrecentar un ápice sus gracias femeninas.

Manuelita golpea ligeramente con la fusta las ancas de su caballo. Sé que en mínimos gestos como ése se manifiesta su fastidio, o su ira contenida.

—No tengo novio, ni creo que pueda tenerlo en mucho tiempo, señor don Pedro. No pretendo que sea usted maestro de escuela, sino un consejero de Estado, como corresponde a su categoría. Tatita no objetará a esas lecciones, siempre que sirvan para mi mejor lucimiento en el gobierno. Y usted bien sabe que no se trata de acrecentar mis gracias femeninas. Mi francés no llega a ser pasable, y aporreo el italiano, como le constará, sin duda. Redacto en español con faltas de ortografía. Y no sé casi nada de lo que se ha escrito o ha pasado en el mundo.

—Le diré que se ha escrito demasiado, y que aquí mismo ya pasan bastantes cosas: es una buena muestra de lo que ocurre y ha ocurrido en "el mundo", como usted lo llama. Homo homini lupus —*decía el filósofo Hobbes*—: "El hombre es un lobo para el hombre". En todas partes, con mayor o menor disimulo, es aproximadamente igual.

—No sé quién es ese Hobbes, aunque me interesaría saberlo. Por lo demás, yo no soy un hombre, sino una mujer. Y acaso una mujer pueda hacer otra cosa.

Alzo una ceja con escepticismo. Pienso en ejemplares de inteligente ferocidad, como Catalina de Rusia o Isabel de Inglaterra. O en el más cercano y modesto modelo vernáculo de doña Encarnación Ezcurra, difunta señora madre de quien me habla.

Manuela aminora el ritmo de la marcha. Comienza a elevarse un sol frío y radiante. El paseo le ha pintado en la cara colores federales y la chaqueta de amazona le ciñe maravillosamente el talle. Habla sin mirarme, con el aliento y el corazón acelerados, y no sólo —creo— por la cabalgata.

—Tatita ha pensado que lo suceda en la gobernación si algo malo —Dios no lo quiera— le aconteciese.

Doy un respingo, pero no me extraña la idea, sabiendo que proviene de una mentalidad monárquica, o peor aún, despótica y absolutista.

—No crea que es necesario ser muy instruido para gobernar. El mundo, para volver al tema, está lleno de ejemplos que prueban lo contrario. El mismo señor Gobernador cuenta que su educación costó a sus padres menos de cien pesos.

Manuela sonríe.

—¿Y su merced cree todo lo que dice Tatita? No será un poeta, como los Varela, ni un erudito como usted, pero sabe más de lo que aparenta.

Suspira, mirándome con autoridad.

—Conozco que en estos asuntos todo va en la maña que se dé uno para conservar el poder sobre pueblos tan ásperos y díscolos como los nuestros, y encaminar con paciencia y rigor las voluntades hasta que ellos se encuentren por sí mismos en condiciones de constituirse, como explica Tatita.

Hace una pausa estudiada.

—Pero no quiero que ni los unitarios ni los embajadores me tomen por tonta.

Con un giro que no admite una palabra más, volvemos, al galope, hasta los jardines de Palermo. El frío, y una felicidad que no comprendo, me corta la cara en pequeños tajos de alegría.

El mensaje vino, por fin, cuando ya había desistido de esperarlo. Una esquela de su puño y letra me citaba para las cuatro de la tarde siguiente en Saint George, una pequeña iglesia católica de las afueras a la que ella acostumbraba a concurrir.

Llegué a las cuatro menos cuarto, y di unas vueltas en torno a las ojivas carcomidas de la construcción gótica. El frío pronto me empujó hacia el interior, y me persigné involuntariamente, tocándome con el agua bendita de la pila. Me senté en el último banco. A mi izquierda yacía la estatua del que fue en otro tiempo un gran señor, velada por dos ángeles imperturbables.

Al oír un roce de faldas di vuelta la cabeza. Me adelanté hacia la puerta, y —como seguramente lo hicieron durante siglos todos los varones de mi familia— ahuequé la mano desnuda para ofrecerle a la señora el agua de la pila.

Manuela se persignó y se apoyó luego en el brazo que le tendí. La conduje hacia los últimos asientos.

Nuestras voces, muy bajas, resonaron sin embargo como violentos intrusos en la iglesia desierta.

—Le agradezco que haya venido, doctor Victorica.

—¿Cómo no había de hacerlo, doña Manuela?

—Podría haberse negado, teniendo en cuenta que no fui demasiado amable con usted el otro día.

—No le faltaron motivos. Le ruego que me disculpe.

—Hace bien en disculparse. —Los ojos me inspeccionaron, melancólicos pero duros—. Y acepto sus excusas. Quería verlo de nuevo y mostrarle este lugar. Vengo aquí por lo menos una vez a la semana, además de los domingos.

La mirada de la señora rebotó sobre los arcos y las bóvedas y los candiles apagados, reverberó en la luz escasa de los vitrales que agrandaban nuestras sombras y coloreaban nuestros cuerpos.

—He visto muchas iglesias en mi vida. Sobre todo las de las celebraciones, los agradecimientos, las rogativas, dentro y fuera de la ciudad de Buenos Aires. Cuando mi padre no era el Tirano Sangriento, ni el Bárbaro, ni el Réprobo, sino el ungido por el Altísimo para salvar a la patria.

Respiró profundamente.

—Digan lo que dijeren los que hoy se sientan en el trono de la República, doctor Victorica, nosotros no asaltamos la gobernación. Mi padre volvió a asumir su antiguo cargo con la Suma del Poder Público. Así lo votó, en efecto, la Legislatura y luego el pueblo entero convocado a elecciones, y fueron días de gloria los que festejaron su segunda recepción del mando. Funciones, fuegos de artificio, bailes, suertes de toda clase, circo, músicas. Hasta desuncieron los caballos que arrastraban su carruaje para llevarlo a pulso de hombre. ¡Lo mismo harían conmigo años después! Ah, hijo, ¡para lo que todo eso dura!... Los enemigos son enemigos siempre, salvo algún noble arrepentimiento, como el del doctor Alberdi, y los amigos que debieran agradecer tienen muy flaca la memoria. Pero en fin, mientras gobernó, no le faltaron de continuo a mi padre estos homenajes, en los que unos rivalizaban con los otros —hasta los mismos párrocos de las iglesias— para reconocer sus méritos debidamente. Sobre todo en el año que los unitarios llamaron "del Terror" y en que Lavalle amenazaba invadir. Nunca fueron más asiduas que entonces estas celebraciones.

"Si hay entre nosotros algún inmundo, salvaje, asqueroso unitario, que reviente." Sacramentales palabras pronunciadas por el ministro de Dios, el ilustre señor cura Gaeta, durante la misa dominical en honor de don Juan Manuel (y de paso y tangencialmente, de Nuestro Señor Jesucristo) a la que todos los buenos federales estamos voluntariamente obligados a ir.

Yo, Pedro Antonio Diego Enrique Estanislao de Angelis, sabio en vacaciones, extraviado en un viaje sin retorno visible, casi ex masón y casi ex caballero, he marchado a pie firme detrás de una carroza florida, que lleva en el centro, como la custodia de la Hostia, un enorme retrato del Señor Brigadier General. La procesión ya ha pasado por todas las iglesias de la ciudad, en cada una de las cuales la imagen —tirada por caballos humanos— recibió el homenaje de los cánticos, las oraciones y el incienso. Los de la "clase decente" (la paradoja de mi "decencia" me hace sonreír, en medio de la confusión) nos unimos en el último tramo, que conduce a la Catedral.

La ceremonia es —para los recursos locales— espléndida y casi desmesurada. Las capas ornamentales de los eclesiásticos que concelebran, el olor asfixiante de los sagrados sahumerios, los latines y las antífonas y los coros y las campanas, me hacen creer, por un instante, que estoy en una iglesia barroca, en el corazón de España, madre de inquisidores, y que a continuación, en la Plaza Mayor, asistiremos a la quema de herejes y de infieles. España ha parido torturadores y mártires, monjas sublimes y guerreros sombríos, artistas descomunales y solitarios. Nápoles, mal de su grado parte también de España, fabrica refinados asesinos, dulces traidores, banqueros y sagaces comerciantes, pero sobre todo seres atrapados en los vicios del sueño y el pensamiento.

Siento la presión —leve pero urgente— de los dedos finos de Melanie sobre mi brazo. La piel de la cara es un papel helado bajo la mantilla negra. Le sostengo el talle, temeroso de verla caer.

—No es nada, Pedro, no te alarmes. Es el vaho del incienso, ya pasará.

No hago caso. La persuado para que abandonemos nuestro reclinatorio, tratando de no incomodar a la concurrencia. Acabamos de llegar al atrio cuando una doncella de la casa del Gobernador se nos adelanta.

—La Niña doña Manuelita ha visto a la señora indisponerse, y me manda decirle que disponga de su coche.

Melanie, como lo ordena el ridículo rigor de la cortesía, intenta negarse, pero yo me apresuro.

—Dígale a doña Manuelita que aceptamos y agradecemos su delicadeza.

La muchacha nos conduce hasta el coche personal de la Niña, y se retira con una inclinación sonriente y un crujido de faldas.

—Entonces también le tocó a usted hacer frente a nuevas responsabilidades.

—Más de las que yo deseaba.

Giró de repente la cabeza.

—¿Le gusta ese Cristo?

Manuela me señaló, en la esquina, una imagen barroca de Jesús crucificado, mucho más nueva, sin duda, que la iglesia misma. Tenía varias heridas abiertas que brillaban con un resplandor casi suntuoso bajo la pobre luz. Pero la cara no se convulsionaba en un rictus violento, como otras esculturas de la misma escuela. Más bien transmitía un dolor profundo, consolidado y pensativo.

—A menudo sueño con él. Y en realidad, por él creo que vengo hasta aquí. Por el consuelo que al final me trae.

—¿Ah, sí? ¿Y qué sueña?

—Bueno, no hay nada más descortés que contarle a otro los propios sueños, que sólo pueden aburrirlo. No querrá pasar por ese trance, doctor Victorica.

—Al contrario. Los sueños me interesan mucho. Y los suyos, en particular. Nunca me aburriría de escucharlos.

—Pero es todo tan absurdo. Figúrese. Sueño que esta iglesia se ha vuelto una especie de taberna o pulpería de campo, y que bajo la cruz, acodados sobre una mesa de madera muy rústica, hay varios hombres jugando a las cartas y apostando fuerte.

—¿Son siempre los mismos?

—No siempre. Pero al final todas las caras vuelven, porque mi sueño se repite con variaciones. El que está continuamente es mi padre. Aunque no solía fumar ni beber, aquí fuma como un desaforado y celebra las buenas jugadas con vasos colmados de ginebra. Sus rivales se van turnando. Un día es el señor Sarmiento vestido de coronel, con la mirada torva y afanes de ostentación, si bien nunca fue jugador y tampoco se lució mucho en lo militar, que no era lo suyo. Otras veces Facundo, que sí se apasionaba por el azar y que va repartiendo las manos de naipes mientras la sangre le resbala a chorros por el ojo donde recibió el pistoletazo de Santos Pérez. Pero él no se ve a sí mismo ni se da cuenta de nada y sigue barajando, aunque la carne de esa mejilla ya se le ha levantado y deja asomar la calavera. Otras veces es Lavalle, sentado frente a Tatita, que empieza a reírse con una gran carcajada mientras se le despega la cabeza del cuello. Pienso entonces que habrá quedado mal soldada, ya que sus hombres descarnaron el cadáver y se la llevaron junto con los huesos para que no fuera expuesta y clavada en una pica. También su abuelo, don Justo José de Urquiza, viene de a ratos con las heridas de su propio asesinato exhibidas como condecoraciones. Pero él no se inmuta y coloca una bonita cuchilla de degüello, con el mango labrado, sobre la mesa de juego. No dice nada pero la cuchilla queda, tensa como una provocación, para intimidar a los adversarios.

—¿No le dan miedo?

—No. ¿Por qué? A todos los he conocido, de una u otra manera. Todos eran humanos como yo. Antes bien me dan pena. Quisiera advertirles lo que pasa, ponerles un espejo por delante para que se avergüencen y se oculten de los feligreses que empiezan a llegar y que los señalan con gestos de repugnancia y de indignación, como si tuvieran lepra. "¿Quiénes son estos bandidos para disponer de lo que es nuestro?", susurran. "Todo se lo reparten, mientras nosotros humillamos la cabeza y les cuidamos las espaldas." Y apuntan al Cristo. "¿O acaso les ha dado Él algún derecho?".

—¿Pero es que el lugar sigue siendo una iglesia?

—Sí. Es una taberna y tal vez un lupanar o un manicomio, porque también se oyen risas desmadradas, como de mujeres locas o lascivas. Pero a pesar de todo es una iglesia. Es la casa de Dios. Nunca deja de serlo.

—¿Y usted qué hace? ¿Y el Cristo?

—Yo les hablo, y luego les grito, y les hago gestos. Pero me ignoran, no me contestan ni me miran, como si yo fuera invisible e inaudible, o ellos ciegos y sordos. Lo que más me aflige es ver a mi padre tan fuera de sí, degradado, sometido a todas las burlas y las críticas. Y cuando mi angustia llega a un extremo casi insoportable, sucede lo peor.

—¿Qué?

—La imagen del Cristo empieza a desmoronarse. Y eso es lo más raro. Comienza a caerse a grandes pedazos, como el cuerpo de un descuartizado. Ellos siguen su juego como si nada pasara, pero entonces todos los ojos de los feligreses se fijan de pronto en mí, y escucho las murmuraciones, que van subiendo de tono hasta que deseo taparme los oídos. Sólo ahí me doy cuenta de que estoy vestida con un lujoso traje de baile que me deja los hombros al descubierto. Mis alhajas brillan más que todos los cirios mortecinos de la iglesia, sobre todo una tiara que tengo casi sobre la frente. No puedo esconderme, no puedo pasar inadvertida. "¿No es ella? ¿No la ven, trajeada como una reina. Si hasta luce su coronita", susurran. "Ella también daba las cartas de la baraja." "Pues yo la he visto hacer trampas, detrás de los jugadores." "Claro. Y ahora oculta la mano. No es extraño que el Cristo se derrumbe." Yo intento responder, pero las palabras no me salen de la garganta. En primer lugar, nunca he jugado a las cartas, y menos con hombres de semejante catadura, aunque uno de ellos sea mi padre. En segundo lugar, así lo hubiera hecho, ¿qué relación podría haber entre los naipes y la caída del Cristo?

—¿Y usted piensa todo eso en el momento?

—Lo pienso pero la voz no sigue a mis pensamientos, y sé que aunque pudiera articular las palabras, serían inútiles. Nadie aceptaría mis excusas. Sólo me queda acercarme para recoger los trozos de ese cuerpo que se han vuelto tan livianos y finos como una tela desgarrada. Entonces los levanto uno por uno, antes de que se ensucien con los escupitajos de tabaco, o se quemen con la brasa de los cigarros, y me siento en esa esquina que recibe la plena luz de la ojiva, y con una aguja y un hilo que he sacado del bolsillito de baile, empiezo a unirlos entre sí, como quien recompone los fragmentos de una sábana o un mantel. Y de repente desaparece la iglesia, y estoy en la salita de costura de mi tía Agustina, tan alegre y con su gran chimenea siempre encendida. Las dos somos jóvenes, y nos reímos de no sé qué. De nada, del puro gusto de vivir, como se ríe a esa edad. Y antes de que me aperciba, el Cristo se me ha hecho de nuevo entre las manos. Pero ya no es un hombre crucificado y humillado, torturado por las injurias y los golpes. Se ha vuelto una criatura, un niño que juega con los hijos de Agustina, mis primos Lucio y Eduardita que también son niños otra vez, aunque la pobre Eduarda acaba de morir, y Lucio tiene ya las barbas blancas.

—¿Y entonces?

—Y entonces hijo mío, resulta que todo ese disparate de la iglesia y el manicomio y los naipes y el Cristo que se cae, parece cobrar sentido y razón. Y yo sé que todo marcha bien otra vez y se me quitan las angustias mortales, y creo, como lo estoy viendo a usted en este momento, que nada de lo dicho, lo hecho y lo vivido ha sido inútil.

—¿Y ése es su consuelo?

—Sí. Y muy grande. Pero viene después que pasa el castigo.

—¿El castigo?

—No sé como llamarlo: esa pena infinita que me deshace también a mí. Cuando me coloco en el rincón, ya ni siquiera me importan las murmuraciones de la gente. Me siento sola en todos los mundos, visibles e invisibles, y son mis propios pedazos los que voy cosiendo con los del Cristo.

Doña Manuela tose. La respiración se le acelera un poco y la voz le sale ligeramente ronca.

—Bueno, hijo, ya lo he mareado bastante con estos delirios.

—Yo los encuentro más lógicos de lo que usted cree.

—Quizá lo sean, como el revés de un cañamazo de bordar, que parece un laberinto de hilos que se cruzan, y sólo se entiende cuando se ve del otro lado.

—Algo así, doña Manuela, algo así. Pero ahora creo que haremos bien en salir. Se ha hecho tarde y ni el frío ni la humedad van a beneficiar a sus bronquios.

—No puede usted con el genio.

—Con el oficio, querrá decir. Y déjeme que la acompañe a su casa. No sé cómo se ha empeñado en venir caminando en un día como éste.

—¿Pero tiene usted coche disponible?

—He venido preparado. Mi señor cochero no piensa perder la ocasión de encontrarse con su doncellita irlandesa.

CAPÍTULO 5

Un matrimonio venerablemente envejecido, estampa beatífica de la sagrada familia, en paz con antepasados y descendientes, me abría otra vez su hospitalidad. Pero la pátina antigua se quebraba cuando las figuras tomaban voz y movimiento. La señora me ofrecía de pronto, en un gracioso *spanglish*, un poco más de ensalada de "biteruta" (*beetroot* o remolacha). Y el tintineo de las copas limpísimas, el choque relampagueante de los cubiertos contra los platos blancos, las educadas voces inglesas del servicio, abolían la imagen detenida y tornaban a instalarme en otra rápida, práctica e higiénica circulación del tiempo.

Se había hecho muy tarde para regresar a mi hotel, insistieron, y me asignaron el cuarto antes ocupado por Manuel Máximo, el hijo mayor. Sus padres conservaban aún varias maquetas hechas por el muchacho cuando estudiante. Era, al parecer, ferviente admirador de Gustave Eiffel. Estaban allí reproducidos algunos de los puentes que comenzaron a darle fama a su colega francés, así como la Galería de las Máquinas diseñada para la Exposición de París del año 67. Según Manuela, su joven y ya destacado ingeniero había viajado más de una vez a la Ciudad de las Luces sólo para ver la polémica torre recientemente construida.

No faltaban tampoco algunos soldaditos de plomo reluciente, como los que yo había comprado para mis hijos. Enseñar a construir y luego a destruir en los combates las obras humanas no les parecía —como a casi todos los padres, como a mí mismo— una gran incoherencia.

Los Terrero, muy cumplidos, me habían invitado para el inminente fin de semana, pero tanto ellos como yo teníamos otras cosas que hacer. Ellos, festejar el aniversario de casamiento de uno de los hijos. Yo, estudiar para los próximos exámenes, y tal vez reflexionar sobre el complicado mapa en el que se iban entrelazando las conversaciones de Manuelita con los testimonios de De Angelis, el erudito masón que había puesto todo el tiempo de su madurez y todo su no despreciable talento al servicio de amos contra los que parecía haberse tomado una demorada venganza en las páginas de su diario.

El sábado me dediqué al itinerario de museos con intenciones de despejarme. El aire del Támesis —pescado en leve descomposición, concentraciones de brea y nostalgia de otro río— y los cuadros de la National Gallery me habían sedado imperceptiblemente. Dedicaría al estudio la jornada próxima. Esa tarde, con el estado de ánimo de quien cede a su vicio favorito y se fuma un habano en una hamaca paraguaya a la hora de la siesta, entré en un *pub*, y a la luz crepuscular y hospitalaria del gas, me puse a leer el cuaderno de De Angelis.

La ironía de mi honrado apellido no deja de ser una paradoja estimulante para un agnóstico. ¡Pedro de los Ángeles!... El demonio, que también es un ángel, ha de haberme enviado como su mensajero a estas tierras que Dios, si existiera, debió de olvidar hace ya muchos años. Pedro de los Demonios, discípulo de unos ángeles torpes o malditos que no fundará por cierto ninguna Iglesia pero que sí negará tres veces y cuantas otras sean necesarias.

Melanie golpea discretamente a la puerta.

—Pasa querida, ya he terminado de vestirme.

Entra, silenciosa y sonriente. La atraigo con dulzura y beso su cabeza rubia que, como siempre, huele a azahares remotos. Mi eterna novia, que seguramente nunca me dará un hijo —ya ha pasado casi para ella la edad de tenerlos— pero cuyo amor me compensa de todos los pesares y todas las carencias, a la vez que me ata al deber de protegerla. Si no tuviera a Melanie conmigo cruzaría el río en cualquier ballenera, aun con el bloqueo y bajo las balas. Escaparía al Brasil, a ver a Wallenstein, que sólo me manda cartas corteses y sin sustancia, pero nunca habla, concretamente, de trabajo y de dinero. Hay que estar allí, asistir a la corte del Emperador, atender, obsequiar, deslumbrar, hacerse imprescindible, aunque mientras tanto sea menester alimentarse de pan y cebollas en alguna buhardilla. Ofrecer mi colección de monedas. Ofrecerles algo más valioso aún: mi saber, y no sólo el académico. Quizá, sobre todo, el que funda su alto precio y sus poderes destructivos en la fragilidad secreta del gobierno del Plata. Y de allí, Europa. Sicilia, Nápoles, donde ya no sería un exiliado. El mar de los griegos, el mar vinoso de Homero. Mi mar.

Pero no puedo comprometer a Melanie en ese alocado y acaso ocioso periplo. Y menos aún, irme solo. ¿Viviría sin ella? ¿Valdría entonces algo el amado olor de la tinta, el roce de los papeles, el rasguido de las hojas pegadas al abrirse, el hallazgo del manuscrito olvidado?... Por eso finjo complacencia y serenidad y sonrío mientras ella pregunta.

—¿Vas a trabajar en la Colección? ¿Te llevo tu café al escritorio?

—Hoy desgraciadamente no. Tengo que ver al Gobernador. Pero sí tomaré el café contigo.

—¿Te ha citado? ¿Qué quiere ahora?

—Buena prensa. Mejor prensa. Más enérgica propaganda a su favor, para lo cual me dará puntuales instrucciones. Tengo que llevarle los borradores de La Gaceta Mercantil.

Melanie suspira.

—¿Qué piensas del bloqueo? ¿Cuánto más va a durar?

—Rosas no se venderá barato.

—¿Y cuál es su precio?

—Creo que sólo la victoria, amiga mía. No puede pedir menos. Caerá si cede. Y ahora es peor aún. El zarpazo de los Maza —aunque frustrado— ha vuelto su posición más crítica. No puede perder un solo palmo de terreno.

—¿Y eso qué significa... para nosotros?

—Más aislamiento, menos dinero, menos presupuesto, más militares. El Hospital de Niños está casi en la ruina. Y las escuelas públicas agonizan. ¿Pero a quién le importa? Los pudientes enseñan a sus hijos en escuelas privadas, o en sus casas, con buenos preceptores.

—¿No hay nada que se pueda hacer?

Me encojo de hombros, en un silencio expresivo. Yo no haré nada, claro, pero Melanie, sinceramente piadosa y madre frustrada, visitará a los enfermos pequeños para llevarles golosinas y leerles un cuento. Abrirá la puerta a algún pilluelo, lo vestirá y le servirá el almuerzo con ella, en nuestra mesa, si yo me demoro en la casa del Gobernador.

Finjo no enterarme de sus caridades, pero a la verdad, nada tengo que oponerles. A veces me cruza el incoherente pensamiento de que, si Dios existiera, me salvaría por la fe de mi mujer. O mejor aún, como dicen los protestantes, por sus buenas obras.

Cuando llego a la casa del Gobernador me reciben sólo las negras del servicio. No hay nadie en el grato saloncito donde atiende la Niña, y en el que ya se ha encendido un brasero. Cunde en la casa un raro silencio, una alarmante tranquilidad, si se toma en cuenta que acaba de descubrirse la primera conspiración importante contra el gobierno del Restaurador, emanada del mismo corazón del poder. La ha encabezado Ramón Maza, el hijo del gran íntimo de Rosas, don Manuel Vicente Maza, presidente de la Sala de Representantes, el concuñado de su hijo Juan Bautista, y esposo de Rosita Fuentes, una de las amigas más entrañables de la Niña.

Rosas no perdona a los traidores. Un latigazo de miedo y de deseo me golpea cuando pienso, como una ilusión destinada al perpetuo incumplimiento, en la ballenera que huye o huiría hacia costas más cercanas a la libertad.

Entra una criada para ofrecerme mate, que no acepto, y luego una bandeja de bocadillos de hojaldre y almíbar, a la que no puedo resistirme. La cocina criolla es uno de los encantos —escasos a la verdad— de este país. Una copita del más fino anís acompaña las dulzuras, pero estos rutinarios halagos no me aquietan el ánimo, aunque no ocurre, en verdad, nada anormal. Tal vez me he equivocado de día o de hora; tal vez no. Las citas de Rosas desconocen la puntualidad. Muchos otros miserables *funcionarios han llegado a pasarse hasta una noche entera en las sillas de la antesala, sin que el Gobernador se acordase de recibirlos.*

Pero la curiosidad, o el temor, o la insufrible inquietud, pueden mucho más que la prudencia. A paso quedo, disimulándome en los recovecos de los corredores, voy acercándome al despacho. Acodado en un ángulo protector a pocos metros del escritorio, comienzo a escuchar, a través de la puerta, un rumor de voces, con tonos ondulantes que sugieren furia asordinada, sarcasmo, o súplica. Me inclino y me acerco hasta donde me es posible, aun a riesgo de ser sorprendido, y escucho con una avidez que me avergüenza.

—*Siéntate, Manuela.*

—*Pero Tatita...*

—*No me voy a levantar, y no es necesario que te lances a mis pies. Si querés podemos representar esa escena luego, en Palermo, ante un público selecto.*

(Manuela se habrá puesto encarnada, sin atreverse a pronunciar su furia. Seguramente Rosas no la mira. Habrá desviado la vista hacia el patio interior que se ve también desde mi refugio, y donde crecen algunas palmeritas del Entre Ríos mortificadas por el otoño.)

—*Es hora de que abordemos algunos asuntos que la inexperiencia propia de tu edad y la ligereza de las ocupaciones de tu sexo todavía no te han permitido advertir claramente. No te hablaré como a una hija que me debe obediencia. No te hablaré como a uno de los ministros que también han de obedecerme sin la sombra de una duda. Te hablaré, Manuela de Rosas y Ezcurra (ahora girará hacia ella la vista, con la mirada impenetrable que usa en los negocios y los combates) como a una socia. Porque eso sos y seguirás siendo sin que te quede o nos quede otro remedio.*

—*Nunca he buscado, Tatita, ser su socia... ni me he atrevido a pensarlo.*

—*Claro que no. No sos de las que buscan, sino de las que encuentran. Todo lo encontrarás... o todo te encontrará. Y ahora, Niña, es momento de que entiendas.*

(Empieza a recorrer, a grandes pasos, la habitación pequeña. Una de

las negras se va acercando por el lado opuesto del pasillo con la bandeja del mate, y yo me repliego más estrechamente en mi escondite. Rosas la despide de inmediato. Vuelven a estar solos, y la puerta se cierra.)

—He sido investido del Gobierno de la Provincia de Buenos Aires con la Suma del Poder Público y las Facultades Extraordinarias que me acordó la Legislatura y el pueblo todo. Legítimamente represento ante el Exterior a la Confederación Argentina. Lucho contra la anarquía interna, contra las ambiciones de los caudillejos locales, y contra las pretensiones de los gobiernos extranjeros que buscan avasallarnos. Soy el orden. Conservo la unidad de la nación ante todo y contra todos. Soy la voz y el brazo ejecutor de la clase decente: los que han creado la riqueza del país, los dueños de las tierras y del ganado, pero soy también la voz de los que nada poseen. En mí se contemplan como en el espejo que los magnifica y los dignifica: el que defiende sus costumbres y sus querencias, la imagen viva de sus convicciones y de sus hábitos. Nosotros —vos y yo, Manuela Rosas— somos la Pampa. Así como los hombres de otras naciones veneran y presienten el mar, así nosotros ansiamos la llanura inagotable que resuena bajo los cascos.

(Rosas hace una pausa. Calcula, como es su costumbre, el efecto que sus palabras producirán en el oyente. Manuela se ha tranquilizado. Sin duda sonríe. También él ha de estar sonriendo.)

—Así es, Niña. Nosotros damos la única garantía de que este país persevere en su ser, que es lo que al fin de cuentas más anhelan todas las criaturas vivientes. Con su gente, su religión y su memoria. Y esto no quita que prosperen aquí los extranjeros. ¿Acaso incomodo yo a los súbditos ingleses? ¿No les he dejado, incluso, abrir sus iglesias heréticas, con tal de que ellos sean honrados? ¿Acaso los franceses no pueden hacer aquí tranquilamente sus negocios, siempre que no se trate de contrabandistas, conspiradores o unitarios? Pero que no nos amenacen. ¿Es por nuestro bien, quizá, que tanto claman por la libre navegación de los ríos? No, señorita, sino para extender sin estorbos sus tentáculos hasta el corazón de la tierra, para tomar de allí lo que les convenga y al precio que les convenga, y vender sus baratijas y arruinar a las industrias locales. ¿Y para qué los queremos? ¿Es que necesitamos, acaso, ser franceses, vestir-

nos como franceses? ¡Que se guarden sus fraques y sus levitas! Bien estamos de chaqueta y de poncho.

(Manuela se cuida bien de recordarle que, salvo los ponchos que se compran o se roban a los indios pampas, tales prendas vienen confeccionadas mayormente desde la Inglaterra. Hubiera arruinado el discurso, y sin duda le gusta oír hablar a Tatita.)

—*Volviendo a los ilustres señores Maza, por quienes te preocupas de forma tan conmovedora, ¿ahora se acuerdan de la libertad que yo he supuestamente arrebatado? ¿Es que pueden reprocharme algo los que se hartaron de comer de mi mano, tanto el imbécil de Ramón Maza, como su padre Manuel Vicente, insensato y caduco, al que juzgué más hermano que mis hermanos? Y ya que de hermanos hablamos...*

(Rosas hace un alto. Parece respirar con alguna dificultad y le tiembla la voz.)

—*Ya que de hermanos hablamos, ¿quién crees, Niña, que está metido también en esta conspiración contra mi Gobierno y mi persona, mejor dicho nuestras personas, cuyos alcances todavía no he acabado de medir? Pues, según me han dicho de muy buena fuente, tu amante tío don Gervasio Ortiz de Rozas y López de Osornio, que como yo fue criado a los pechos de la misma madre virtuosa, y engendrado en su seno por el mismo padre intachable. Mi hermano de carne y sangre, que comete así un doble crimen, al levantarse no sólo contra la autoridad constituida sino contra el hijo primogénito de su madre. ¡Caín!...*

(Y concluye la perorata levantando la voz. Seguramente alza el puño clamando al cielo. Es parte de sus mejores actuaciones. Manuela quizá no puede dar crédito a sus oídos. Rosas ya ha cambiado entretanto, como es frecuente en él, de expresión y de entonación.)

—*El caso es, Niña mía, que yo no quiero ser Abel. Es un papel muy digno y muy sacrificado, sublime, en verdad, pero no me sirve, no nos sirve. No le sirve al país.*

(Escucho los grandes trancos con que el Restaurador va de un lado al otro del cuarto.)

—*Pero como tampoco quiero ser Caín, para no seguir malos ejemplos, y porque tu abuela doña Agustina nunca me permitiría que yo lo fuera, y no deseo cargar con su maldición, elegiré el papel de Jehová —que es, convendremos, Niña— el mejor de los papeles. Esperaré a que Gervasio —no sé aún cuándo ni cómo— aseste el golpe. Peor para él. Llevará su cruz marcada en la frente, y se irá al destierro. A su tiempo, quizá, lo perdonaré...*

(Se aclara la garganta.)

—Y en lo que hace a los otros: don Carlitos Tejedor, don Santiaguito Albarracín, don Avelino Balcarce, señoritos tan esclarecidos y de tan buenas familias, quizá por algún costado o por otro emparentadas con la nuestra....

(Aquí colocará un dedo admonitorio casi sobre la nariz de la Niña.)

—¿Qué haría usted, doña Manuelita de Rosas y Ezcurra?

La Niña contesta, conciliadora, prudente.

—Que haya un juicio justo, Tatita. Y si son condenados, consideraría, como Poder Ejecutivo, el supremo recurso de amnistiarlos y armonizar las voluntades. Precisamente porque nos son tan cercanos, no podemos seguir atizando el fuego de la discordia civil.

—Lo del juicio justo me gusta, caramba. Es muy elegante, y muy bonito para guardar las formas. Casi dejaría de ser "el Tirano" como me llaman nuestros amigos de la otra orilla. Pero me quieres decir, hija mía, ¿para qué necesito un juicio si detento, legalmente, las Facultades Extraordinarias? Por lo demás, ¿piensas que alguno de ellos nos hubiese concedido a nosotros un juicio justo si llegaban a tener éxito en su infame complot? Sin embargo, aun teniendo esto en cuenta, mi magnanimidad hubiera llegado a otorgarles juicio, seguridades, demoras, y hasta una cómoda cárcel a domicilio si no fuera necesario cortar el mal de raíz con alguna ejecución sumaria. Tanta es la podredumbre que no podré darme el lujo de iniciar proceso. Si lo hago, serán aún más graves las consecuencias.

—No le entiendo, Tatita.

—Claro que no me entiendes. No cabe en tu cabeza imaginar tanta maldad. Pues te has de enterar, ingenua hija mía, que si yo comenzara formalmente un proceso la mitad de la clase decente de Buenos Aires —tanto federal como unitaria— caería complicada, así fuese por abierta colaboración o por silencio cómplice. Prefiero pocos y buenos muertos. El

primero, Ramoncito, comandante del Tercer Regimiento, que tiene su sentencia sumaria dictada en la misma ley militar, por sublevación. Luego veré qué se hace con los demás. En cuanto a Manuel Vicente, mi ex amigo, ya le he prevenido que se marche de inmediato. No quisiera verme también en el trance de fusilarlo.

—*Pero si hay tantos implicados... entonces es que no cuenta usted con el apoyo que antes contaba, y dará pie a los salvajes unitarios para que lo insulten llamándolo tirano y dictador.*

(La increíble audacia de la Niña costaría una temporada en el cepo a cualquier otro... Pero, asombrosamente, Tatita no se incomoda.)

—*Señorita socia, habla usted como una sofista, discípula de Agüero o de Varela. Entendámonos. Primero: yo no he sido ni seré legalmente destituido. Ejerzo mi mando con pleno derecho, aunque a algunos señores —que azuzan a estos imberbes ahora atrapados como ratones— se les haya ocurrido de repente que les molesto. Segundo: ¿por qué cree usted, doña abogada, que les molesto? ¿Porque no me visto a la francesa? ¿Porque todos se han vuelto unitarios de la mañana a la noche? ¿Porque mi barragana es algo así como una criada? ¿Porque soy bruto, bárbaro, agauchado, desconsiderado, chocarrero, impertinente? ¿Porque doy de azotes a las lindas madamitas llamadas Libertad, Igualdad y Fraternidad que algunos otros han exihibido desnudas en la plaza pública con la mayor impudicia?*

(Rosas toma aliento, como después de una larga carrera.)

—*No. No, señorita. Están molestos por una única razón, y satisfecha ésta poco les importaría que cargase con grillos a media ciudad. Te diré en dos palabras esta verdad de a puño: porque pierden dinero. Es el bloqueo que les impide vender sus producciones y comerciar a su gusto y no la pobre doña Libertad puesta en el cepo lo que les molesta. Esto que hemos visto ahora es apenas la punta del témpano. Peores cosas se verán mañana. Y dime, Niña, ¿por qué crees que yo no puedo levantar el bloqueo ni pactar con los insurrectos, y tampoco mostrar en un juicio la extensión de las disidencias?*

—*Tatita... ¡porque pierde usted poder!*

(Manuela habla poco pero bien. El padre ha de estar mirándola a los ojos,

divertido y asombrado. Rosas empieza a reírse y se oye un suave revuelo de faldas y pequeños gritos. Tatita —imagino— la ha levantado y la hace girar por el cielo de la habitación, como cuando era una niña realmente.)

Escucho, por fin, antes de retirarme hacia la salita de donde no debí haberme alejado:

—¿No dije yo, hija mía, que bien habías de ser mi socia?

A los quince días del mes de noviembre de 1839.

Las preocupaciones sucesorias de Rosas, o de Manuelita, o de ambos, tenían, al parecer, fundado motivo. No bastó con el fusilamiento de Ramón Maza, ni con el sospechoso asesinato de su padre Manuel Vicente en su mismo puesto de la Sala de Representantes. El Sur estalló. Primero Dolores y después Chascomús y el Tuyú se levantaron en armas. Castelli, Miguens, Ramos Mejía, Crámer, y otros estancieros eminentes, ayer insospechables y hoy ejecutados por sediciosos, vendieron el alma a Leblanc y a Lavalle.

Como todos los revolucionarios, enarbolaron protestas a favor de la libertad —los Libres del Sur era el nombre poético del movimiento—, pero lo que defendieron —quizá como todos también— era la propiedad que tenían o la que esperaban tener. Se alzaron contra las guerras que les quitaban peones, y contra el bloqueo que les impedía vender directamente sus productos a los extranjeros, y los obligaba a transacciones desfavorables con los saladeristas porteños. Mientras tanto Lavalle junta apoyos y refuerzos por el Entre Ríos y los montes de Corrientes, y aumenta, con el paso de los días, nuestra zozobra.

¿He dicho nuestra?... Sí, ya soy definitivamente, para bien y para mal, uno de ellos. Por las noches me despierto a veces, en una sacudida que me galvaniza el cuerpo casi exánime, entregado al sueño, hermano de la muerte. Estoy frente al pelotón de fusilamiento, o me desangro lanceado por los correntinos que traerá Lavalle, no menos bárbaros que los indios de Rosas, o peor aún, atado con tientos, estaqueado sobre mi propia cama, veo cómo las hordas se apoderan de mi mujer, la abofetean y la insultan, le gritan puta y francesa —que para ellos son la misma cosa— y la violan frente a mis ojos que para mi infamia y mi condena seguirán moviéndose dentro de sus órbitas como si nada pasara.

Cuando la pesadilla amaina respiro con alivio inverosímil, me seco la frente empapada y echándome un poncho sobre la camisa de dormir, salgo a la noche del patio, tranquila y fría. El olor de las glicinas y de los jazmines aminora los ritmos del corazón. Temo menos por mí que por Melanie, y para mi sorpresa, por Manuelita. Tan "montonera" son las tropas de Lavalle como las de Rosas, y no les faltarán motivos de venganza contra Manuela que ha salido, en persona, a arengar y despedir, con ardientes palabras, al ejército del general Oribe. ¿Serán más piadosos con ella de lo que fueron con las familias unitarias los hombres de su padre?

Manuela no ha cumplido su promesa de conseguir papel. No lo atribuyo a mala voluntad, sino a la situación que empeora. Pero yo sí le doy lecciones regulares, según su pedido. Ayer hemos leído al Dante, hasta el Séptimo Círculo del Infierno. Ella pronuncia los versos con melodiosa claridad y mirada inocente e imperturbable. Es obvio que no considera a su padre como candidato a ocupar —junto a los otros tiranos— el Círculo de los Violentos. Y en esto Rosas, como en los motivos de la revuelta sureña, tiene una cínica —o realista— razón de peso: ¿Es que no le han concedido, por abrumadora mayoría popular, las Facultades Extraordinarias? ¿Quién podría reprocharle que, valiéndose de la Ley que él ahora encarna, encarcele y fusile, confisque propiedades y confeccione listas de sospechosos?

Temo que Melanie advierta mi ausencia. Vuelvo hacia el dormitorio y antes de meter nuevamente entre las cobijas mis pies helados, tomo una decisión fulminante y acaso salvadora: nos mudaremos al campo, a una chacra de las afueras, aunque eso signifique, quizá, un cúmulo de transitorias incomodidades y la interrupción de mis lecciones a Manuelita.

Verano de 1840, Chacra de Barros.

Con los ojos cerrados, escucho el rumor del mar y el movimiento de los árboles. Estoy en la Campania. Frente a mí, el Tirreno. Ischia y Capri me esperan, como las Islas Afortunadas. Cuando los abro, me encuentro recitando como un escolar torpe que aprende los primeros latines con su Virgilio a cuestas: Tytire, tu patulae recubans sub tegmine fagi... *Pero no me reclino bajo la sombra de un haya frondosa, ni soy un niño que marca con el pie pequeño el ritmo de los hexámetros. La declaración de Melibeo es —¡ay de mí!— la mía propia:* Nos patriae finis et dulcia linquimus arva, nos patriam fugimus... *También yo abandoné los confines de la patria y los dulces campos de labranza de un lugar donde la tierra se podía medir, y el cielo era dócil y sereno como un cuadro de Boticelli. Tan sólo a intervalos espaciados y previsibles los dioses se acordaban, con llamaradas volcánicas, de manifestarnos su crueldad y su misterio.*

Tras el breve huerto de ciruelos y duraznos —seguramente obra de algún gringo vencido por las mismas nostalgias— está la intemperie, la llanura que se pierde en la tormenta y en la negación, donde ni un solo árbol interrumpe los altos pastos por leguas y leguas, donde viven las criaturas de cuerpos lustrados por el sudor y enrojecidos por el combate, que hablan, empero, una lengua humana, y nombran las cosas de esta tierra —la suya— con tanto derecho como Adán en el Paraíso.

Lágrimas inevitables me corren por las mejillas que envejecen. Las seco rápido, con pena y con furia, y vuelvo a ordenar mis papeles en la mesita bajo la glorieta. A unos cien metros de distancia Melanie se hamaca suavemente. De espaldas parece apenas una muchacha, con los espesos tirabuzones rubios y el talle siempre esbelto. Aquí —mientras que no recibamos a funcionarios del gobierno— puede vestirse del celeste claro que mejor le sienta y ha recuperado los colores y hasta el apetito.

Vuelvo a concentrarme sobre la hoja aún en blanco. Es necesario hacer un balance de mi trabajo, lo único que —además de Melanie— me mantiene con vida en este páramo. Para mi desdicha, no soy como mi amigo Aimé Bonpland, que vivió feliz hasta en la prisión donde lo puso el dictador del Paraguay. No se me ha concedido el don de interesarme por las innumerables formas vegetales, sino por los dichos y hechos del animal más dañino en la creación incomprensible.

Anoto:

Publicaciones realizadas en el último año.

De la conducta de los agentes de la Francia durante el bloqueo del Río de la Plata (por Un Observador Imparcial). *Despreciable, aunque no insensato opúsculo, hecho por encargo para Rosas. Dos ediciones, una en español, y otra en francés.*

Protesta del editor (más proemios y discursos preliminares a textos ya editados en el volumen 6) *donde consta la imposibilidad de seguir lanzando mi* Colección *por falta de papel, y se promete "emprender una segunda serie de documentos inéditos, y de igual naturaleza a los publicados, luego de que desaparezcan de las aguas del Plata, los que han vuelto a ostentar su poder, para turbar el sosiego de un pueblo inocente".*
Publicaciones abortadas.
Monumento de gloria en homenaje a Rosas.
Corona fúnebre en homenaje a Encarnación Ezcurra, *que me encargara, en una atenta y comedida misiva, la propia Manuelita. Apareció en cambio un folleto de Nicolás Mariño, de vergonzosa obsecuencia y lamentable inexactitud, publicado en* La Gaceta Mercantil.

Nada me importa —salvo el dinero que no cobré— el verme eximido de la confección de tales textos laudatorios, pero creo deber a Mariño cierta desconfianza que advierto en Rosas, así como su obstinación en alejarme del puesto de Archivero del Archivo General de la Provincia de Buenos Aires, cargo que he venido solicitando con tanta insistencia como reiterados fracasos.
Trazo una línea y coloco bajo los listados:
Proyectos para este año de 1840.
Contra toda esperanza comienzo a trazar voluntariosos caracteres negros, para quebrar la nada.

Abril de 1840, Chacra de Barros.
Studium et amor..: *dos pilares sobre los que se edificaba o se edificaría —en un hipotético futuro de pureza luminosa— el corazón de mi vida, el más secreto, la caja de archivo donde se guardaban los únicos documentos inalienables, los que no hubiera querido vender. Pero todo está ya en pública subasta. He alcanzado la edad en que las ilusiones caen. La palabra "dignidad" se ha deshecho —la primera— como un papel mal conservado, de calidad dudosa, una mera copia cuyo original acaso no existió nunca. "Libertad, igualdad, fraternidad": trompetas de viento fugitivo, arpas eólicas cuyo sonido escuché exaltado alguna vez y*

que ahora resuenan en el vacío, solemnes, pomposas, inadecuadas, como un actor griego calzado con coturnos en la Plaza de la Victoria donde se ha entronizado un solo ganador posible al que aposté mis talentos y en el que deposito la garantía de nuestra frágil supervivencia.

Crecen, con todo, mis perspectivas de vida, y aun de fortuna. Ayer hemos recibido un honor inesperado. La misma hija del gobernador se acercó a visitarnos en nuestro retiro campesino. Venía acompañada de su damisela preferida, la muy joven e impertinente Juanita Sosa, y de varios hombres de la guardia del Restaurador. Noté la ausencia —harto significativa— de su antes inseparable Dolores Fuentes, que como todas las Fuentes sin duda sigue guardando, en la obstinada intimidad, el duelo por Ramón Maza.

La Niña llegaba vestida de amazona europea, pero en blanco deslumbrante —tono insólito para un traje de montar expuesto al polvo de los caminos y a las eventuales salpicaduras— sólo cortado por la enseña federal y por las cintas rojas de su sombrerito. No pude evitar el pensamiento de que se presentaba como una novia, o una enigmática dama del Oriente, con ese luto que es —para ellos— la ausencia del color. Melanie, por fortuna, alcanzó a ponerse un chal de lanilla carmesí sobre el vestido casi celeste cuando avistó al cortejo a través de la ventana.

Me apresuré, galante, para ayudarla a desmontar. Pude ver, en el revuelo de la sobrefalda, el tobillo fino ajustado por la botita. Su mano cálida y chica se apoyó sobre la mía enorme que algún detractor bilioso llegó a comparar a la pata de un elefante. (Manuela tiene manos llenas, con hoyuelos apenas insinuados en los nudillos, como corresponde a su belleza ligeramente mórbida, pero no son manos blandas. Se toman, con fuerza, del otro, saben aferrar con autoridad inequívoca.)

Melanie se esmeró en obsequiarlas con las escasas delikatessen *disponibles en una casa apenas digna, y hay que decirlo, muy mal servida. Tenemos sólo una criada: una "chinita" de las tolderías capturada hace poco en una escaramuza y cuya madre ha muerto. Apenas entiende el castellano y sigue empeñándose en andar descalza. Aprovecho su estadía entre nosotros, que sin duda será breve, para acrecentar —no sin traba-*

jo— *mi capital de vocablos araucanos traducidos. El día menos pensado la veremos huyendo hacia el desierto de donde llegó, montada en pelo de cualquier bagual.*

Logramos que la muchacha —a la que Melanie ha hecho bautizar un tanto ridículamente como Justine— ofreciera con torpeza a Manuelita y a su dama una bandeja con bizcochos. Melanie misma alcanzó licores y refrescos.

—*Se los echa de menos en nuestras reuniones —sonrió Manuela, dirigiéndose a Melanie, que parece simpatizar francamente con ella.*

—*También nosotros quisiéramos tener el gusto de verla más a menudo, señorita Manuela, pero mi mala salud ha exigido este retiro.*

—*El campo le ha sentado muy bien, querida Melanie. Espero que pronto vuelvan ambos a Buenos Aires, o por lo menos el señor don Pedro, al que Tatita está necesitando.*

—*Si en algo puedo servir a su señor padre...*

—*Bien sabe usted que sí. Hay pocos hombres capaces de defenderlo desde la prensa con sus calidades.*

—*Sin embargo no parezco gozar de toda la confianza del señor gobernador.*

—*Ya verá usted que se equivoca en esto, señor don Pedro.*

Me halagó con su charla y halagó a mi esposa, que siempre revive con sus gracias y pequeñas atenciones. La veo rejuvenecer cuando Manuela le pregunta —una vez y otra vez— sobre los usos y costumbres del París que dejamos quince años atrás, y que ya es definitivamente otro. Goza cuando la hija de don Juan Manuel —con interés encantador— la persuade para que se siente al piano, y entone las mismas canciones que entonaba, con cierta rudeza melódica y acento un tanto defectuoso, la propia doña Encarnación. Melanie, animada y encendida, le muestra su pequeño museo de encajes, sale —acompañada por el parloteo incesante de Juanita Sosa— a buscar su carpeta de acuarelas.

Cuando quedamos a solas, Manuela deja las quizá sinceras exclamaciones de alegría con que ha celebrado la voz dulce y levemente ronca de mi mujer. Se pone su sonrisa giocondesca y me habla con suavidad, casi en un murmullo.

—Me *agradaría ver también su colección de monedas, si es que no se la ha comprado ya el señor Wallenstein.*

Las cuerdas de la garganta no me responden. Ignoro cómo puede haberse enterado Manuela de mis cartas dirigidas al noble ruso, comisionado en el Brasil, donde hace tiempo solicito en vano trabajo y seguridad, e intento colocar, también infructuosamente, mis pocos bienes.

—*No se preocupe, que ya no necesitará enajenarla, ni tampoco concretar su ofrecimiento de vender informaciones a los brasileños sobre nuestras debilidades y malas costumbres.*

—*Usted comprenderá, doña Manuelita...*

—*Yo comprendo todo, o casi todo... señor don Pedro. Comprendo que un hombre de su valía aspire a una mejor posición, que aquí se le niega. Comprendo que se haya refugiado en esta chacra, temeroso de que no seamos nosotros los vencedores. Pero venceremos, para bien de los argentinos. Y usted ayudará a afianzar nuestro gobierno. Ocupará el lugar del Archivero General de Buenos Aires. Será el director del mejor diario que se edite en estas orillas del Plata. Y vivirá como a su jerarquía corresponde. Por de pronto, aquí tiene.*

—*¿Qué es esto, señorita...?*

—*Un borrador que me ha facilitado Antonino Reyes. Dentro de poco, y pasado en limpio, irá a la Sala de Representantes. Ábralo cuando esté a solas.*

Al entrar Melanie, seguida por Juanita, callamos y admiramos sus pinturas. Manuela se despide de ella con fervoroso afecto, dándole, a la francesa, un beso en cada mejilla.

—*No olvide que debemos continuar nuestras lecciones, don Pedro. Le encargo especialmente que me lo envíe el lunes temprano, Melanie. Y no tema, que le haré mandar carruaje. Ya sé que no es usted muy de a caballo...*

El desprecio del criollo por el gringo le aflora otra vez, en la sonrisa oblicua. Cuando mi mujer va a ocuparse de que se prepare la cena, abro el pliego que me ha entregado casi en secreto. Es mi futuro y codiciado nombramiento como Segundo Archivero General (o como Primero, tácitamente, porque Jerónimo de Lasala es ya anciano, y su cargo inoperante y honorífico) al que se adosa la renovación de mi contrato con la Imprenta del Estado. Junto a él hay, discretamente plegada, una hoja donde Manuelita ha anotado de su puño y letra algunas propuestas para la creación de un diario —dirigido por mí— que podría llamarse, entre otros nombres, el Archivo Americano.

Buenos Aires, julio de 1840.

Las atenciones con que nos colma la hija del gobernador, sus insistentes promesas de prosperidad, nos han hecho retornar a la Capital. Día por medio, un mandadero se nos presenta a la puerta con un ramo de flores frescas, un paquete de dulces, unas randas o lazos de raso para mi mujer, una botella de Chianti que nuestra benefactora se ingenia para obtener, a pesar del bloqueo, aunque no pudo cumplir, en su momento, con mi angustioso pedido de papel para completar la Colección. *Día por medio, también, me veo gentilmente obligado —el carruaje llega cómodo y puntual— a trasladarme hasta Palermo (la ironía del nombre —tan luego este Palermo, y no el de mi propia tierra— siempre me trae un eco de amargura).*

Agradezco el carruaje, porque el viento es frío y mis ropas invernales dejan ya que desear. Alentado por Manuela me he lanzado estos meses a la edición del Espíritu de los mejores diarios que se publican en Europa y América. *Doy allí una prolija noticia de los comentarios suscitados en la prensa exterior sobre el bloqueo, sin ahorrar los elogios al Restaurador. Pero las ventas no alcanzan para sostener su continuidad, y don Juan Manuel, absorto en los preparativos del combate definitivo contra Lavalle, aún no aparenta enterarse de nuestros apremios, ni del invierno que arrecia, sin leña suficiente para poner en las estufas, y no más que un abrigo de buen corte pero de tela adelgazada por el uso, para echarse encima.*

Cuando llego a la quinta, me dicen que la Niña aún no ha concluido con su toilette. No obstante ello, se me invita a pasar a sus habitaciones. En la antesala de su dormitorio, frente al espejo del tocador, está Manuela envuelta en un peinador de seda rosa. La muchacha pampa que tiene a su servicio personal aún no concluye de cepillar el lado izquierdo de la enorme cabellera para convertirlo en trenza.

Los cuartos que ocupa la Niña huelen a lavanda y vetiver. Una alta estufa irradia calor suficiente para las cuatro habitaciones. Todo es blanco, salvo por las borlas rojas de las cortinas y las alfombras de fondo borravino. Una rica toalla de hilo bordado que festonean encajes del Tucumán cubre la luna del gran armario.

Manuelita me sonríe desde su espejo y me indica con gracia el sofá, pidiéndome disculpas por no levantarse a saludarme.

Un golpe de calor, que acrecienta la temperatura del cuarto, me viene a la cara. No sé si sentirme honrado o injuriado por la insólita confianza que se me dispensa. O es que nunca acabo de entender las normas de la cortesía criolla. La puerta de las habitaciones íntimas, el acceso al tocador de una señora en bata de mañana cuando atiende a su peinado, sólo se le franquea —si se trata del sexo masculino— al marido, a un amante o a los sirvientes. O acaso a algún amigo o miembro de la familia lo suficientemente insospechable y viejo. ¿Juego tan sólo en su estima el papel de un sirviente? ¿O las canas que ya amenazan con cubrirme toda la cabeza me ponen a cubierto de cualquiera otra intención? Pienso, mortificado, que no soy un eunuco, y que aún no he cumplido cincuenta y seis años, aproximadamente la edad que ha de tener el general Mansilla, casado con la hermosa tía de Manuela, apenas un año o dos mayor que su sobrina.

Pero ¿me cabría pensar en avances inconvenientes por parte de la Gobernadora? Nada indecoroso hay, por cierto, en la salita fragante e inmaculada, muy propia para una joven soltera, sin ningún tono, adorno, tapiz, o motivo que recuerde el lujoso e impúdico boudoir *de una cortesana. Tampoco lo hay en el atavío de Manuela —aunque ligero, quizá un poco menos escotado que un traje de baile—. Pero cuando, acaso involuntariamente, cruza una pierna sobre la otra, la seda resbala dejando ver el pie descalzo, el tobillo delgado, y buena parte de la carnosa pantorrilla, apenas velada por una media fina.*

Manuela no se inmuta y sonríe a su propia imagen y me sonríe a mí. La sirvienta acaba de dar los últimos toques a su peinado —dos trenzas pesadas y lustrosas, que se enrollan sobre la cabeza pequeña y rematan, hacia la nuca, con el moño federal—. La Niña se vuelve y se levanta, extendiéndome la mano que beso con los labios secos y el corazón exalta-

do. La criada india le arroja, con un pebetero, una nube de perfume que la hace toser y reír. Manuelita la reconviene bromeando, con la dulzura condescendiente que he escuchado siempre en sus labios cuando se dirige a sus servidores. Otra muchacha le presenta un par de botitas y se las calza en mi presencia, mientras yo vuelvo la cabeza para no poner de relieve con mis miradas tan pasmosa desenvoltura, o acaso para que no descubran mi desazón en aumento.

Pasamos —ella aún vestida de bata— al saloncito de recibo donde reluce el piano de caoba. Se acoda sobre la tapa, mirándome a los ojos, mientras puedo ver, nítidamente, un minúsculo crucifijo de oro que resplandece sobre el nacimiento de los senos.

—Antes de empezar nuestra clase, ¿por qué no me canta algo en la lengua de su patria, don Pedro? Vamos, que nunca le he oído a usted cantar.

Me imagino entonando alguna canzoneta con mi gastada voz de bajo, para que la burla sea, esta vez, total.

—Doña Manuelita me hace la bondad de confundirme con mi mujer. De los dos tan sólo ella canta aceptablemente.

Hace mohínes y simula una danza en torno de mí. El espeso perfume de jazmines del país, blanco y tan incitante como la insolencia de su presumible virginidad, me marea y me enciende, a mi pesar, y para mi oprobio.

—Vamos, don Pedro, no me defraude usted. Lo creía mejor humorado. ¡Tantas bromas que le he oído gastar en las tertulias, con mi tío Mansilla, con Tatita, con Pellegrini!

Quedamos mirándonos. Manuelita sonríe con esa sonrisa inexplicable que no he visto en mujer ninguna, fuera de la ambigua cara de Monna Lisa. Sé, súbitamente, que es capaz de una inmensa maldad. Una maldad sutil, que sin embargo empleará en su vida muy pocas veces. Sé que no quiere hacerme daño, quizá porque, como su padre, tiene una infernal disposición para calificar a todos los hombres según su posible categoría de opositores o de esclavos, y acaso ya me ha ubicado en aquella última donde, para mi desdicha, estaré siempre.

Le respondo amablemente, pero haciendo notar la diferencia entre mi persona y los bufones del señor Gobernador. Distancia que ella ni siquiera parece o acepta percibir.

—*Sólo soy bromista entre caballeros, señorita Manuela. Si desea divertirse deberá usted llamar al padre Biguá. Y si en verdad aspira a escuchar una alta expresión de nuestro* bel canto, *permítame tener el honor de invitarla la próxima vez que venga la compañía de Angela Tani.*

Manuelita cede sin comentarios. De alguna otra manera me cobrará mi resistencia. Se sienta, obediente, en un silloncito, mientras yo leo, primero en su lengua original, luego en español, algunos fragmentos de Il principe:

"...los hombres temen menos ofender al que se hace amar que al que se hace temer, porque el amor no se retiene por el solo vínculo de la gratitud, que en atención a la perversidad humana toda ocasión de interés personal llega a romper; en tanto que el temor del príncipe se mantiene siempre con el del castigo, que no abandona nunca a los hombres."

Mientras doy vuelta la página veo sobre el secrétaire *un legajo voluminoso. Lo reconozco con espantada sorpresa. Son las* Clasificaciones *que a partir de 1835 viene haciendo Rosas sobre la filiación política de funcionarios, militares y ciudadanos de todas las clases. Sentencias de muerte, de prisión o destierro que han sido confiadas a las gentiles manos de la Niña Manuela.*

Buenos Aires, 5 de agosto de 1840.

He sabido que a veces ella misma discute con el jefe de Policía, don Bernardo Victorica, las órdenes de detención. No quiere derramar sangre inútil. "Es preciso no equivocarse, don Bernardo, sólo los enemigos del régimen. La sangre que desborde se volverá contra nosotros." "¿Pero si se trata de verdaderos opositores, los prendo aunque sean curas, Niña?" "Pues sí, aunque lo sean. No hay muchos curas que se nos opongan, salvo algún jesuita. Después se verá qué hacer con ellos."

Por otro lado atiende a las madres, esposas, hermanas, de los prisioneros. Pone condiciones —generalmente resignarse a la "temporaria" confiscación de las propiedades o de su usufructo— y promete clemencia para las vidas, o al menos interceder ante Tatita. Le creen, casi siempre le creen. Es eficazmente persuasiva con los suplicantes, y para con su padre, pragmática. Le da, con mucha educación y buen tino, lecciones de economía. Ha aprendido bien de Maquiavelo que las ofensas contra la propiedad son aún peores que las ofensas contra la vida: si alguna vez se deja de llorar a los muertos, en cambio el recuerdo de los bienes perdidos persigue eternamente a los herederos. Así le advierte al Gobernador sobre los peligros del exceso, y con un gesto maneja a los hombres de la Mazorca, que la temen y huyen al monte o se autoexilian de la Casa cuando tienen alguna cuenta pendiente.

No quiero pensar en sus noches. Sé que duerme con una pistola amartillada sobre la mesa de luz. Sé que dos guardias velan, echados como perros, ante la entrada que da a sus cuartos íntimos. Pero se habla de sus visitantes clandestinos. Los Secretarios. ¿Antonino Reyes o Máximo Terrero? ¿Ambos? ¿Simultáneamente? No. Los celos de los machos no lo permitirían. ¿Alternativamente? ¿O es sólo uno de ellos la sombra que dicen se desliza sin ruido, como si traspasase las paredes de los dormitorios y quebrase por efecto de irradiación las cerraduras de las canceles?

Cometo locuras. Con el pretexto de que me ha llamado el Gobernador entro en Palermo y merodeo por los corredores y luego me escurro por una puerta lateral bajo la ventana enrejada que da a la misma alcoba de la Niña. Pero cuando llego, la sombra o las sombras han huido. Un crujido de botas, el vuelo de una capa, el retintín de una espuela, el eco de unos cascos inalcanzables espejean en la tiniebla.

Sólo una vez la he visto. Así debe estar siempre, oculta para mis ojos. Por el hueco de una flor en las cortinas de lienzo y de crochet asoman los pechos semicubiertos por el pelo suelto, y la curva extrema de las caderas. Está mal tapada por una manta de vicuña, durmiendo, rendida de fatiga y de gozo. Tal vez un amante acaba de partir. No ha llegado ni a ponerse la camisa de noche, pero el calor de su cuerpo y el fuego de la salamandra encendida bastan para enfrentar cualquier invierno.

Me froto los ojos que se nublan. Un desprendimiento de leños, un removerse de brasas alteran la distribución de la luz del cuarto, las formas de su imagen. Los serenos se acercan. Me escurro otra vez, hacia el interior de la mansión. Aparento haber hablado ya con el Gobernador, y monto a caballo.

Cuando vuelvo a casa, Melanie sueña, intranquila, a la luz de una vela. El resplandor incierto reverbera sobre el pelo rubio, disimula los ángulos de la cara que adelgaza la ansiedad, maquilla con sombras adecuadas la red ligera de arrugas que el día expandirá desde la comisura de los labios hacia las mejillas. Me quito la ropa en silencio y la abrazo por el talle y la sustraigo a su inquietud de párpados secretos. Hace tiempo que el trabajo a deshoras, los sobresaltos políticos y la costumbre de los cuerpos nos han hecho olvidar los ritos de la carne. Sé que es aún hermosa y que no estamos muertos cuando abre los ojos sorprendida y ella misma se abre y me abraza la nuca, y es una larga cabellera oscura que huele a jazmín del país la que me envuelve el cuello y me dobla la cintura en un espasmo furioso mientras el olor del celo deslumbra con su luz de mediodía las calles de Nápoles donde una vez fui joven.

Buenos Aires, 30 de octubre de 1840.

La primavera ha traído la fortuna y la bonanza. Nuestra ciudad absolutamente federal vive de festejo en festejo. Hoy nos reunimos en casa de Rolón, mañana en la de los Anchorena, o en lo de Vicente López y Planes, cuando no en la misma residencia del Gobernador. Lavalle ha dejado de atemorizar. Ya es casi un espantajo que ni siquiera obliga a los niños a tomar la sopa, en franca y desesperada huida hacia el Norte. El almirante Mackau trae en cambio las paces de la Francia y devuelve —en bandeja de gloria— la isla Martín García.

Rosas brilla desde la oscuridad. Apenas concurre a los agasajos, se deja ver en pequeñas dosis, para deslumbrar de un golpe cuando aparece. Pero a Lavalle —paradójicamente— no lo ha vencido él, sino las circunstancias y los franceses. Le ha faltado el pasto para los caballos, le ha faltado la escuadra que la Francia había comprometido en su socorro, le ha faltado la adhesión de los pueblos de la campaña, que no abandonan a Rosas. Todo él es un cúmulo de negaciones y carencias cuando escapa hacia Santa Fe con sus indios y sus correntinos que hablan la lengua bárbara de las selvas, matando y saqueando también —por qué no— según es la costumbre de los libertadores de esta tierra.

Del otro lado de nuestras fiestas baila asimismo la muerte. Está en las calles, sobre todo las de Barracas. A veces ingresa borracha en las quintas y las mansiones acaudaladas con herraduras y con mandobles, rompe cristalerías y desjarreta sillones de brocado, corta cuellos de flores en sus búcaros de plata o de Bohemia. Dicen que han asesinado al novio de una joven viuda, convicto del delito de escapatoria frustrada a Montevideo y hasta entonces perseguido infructuosamente por la Mazorca. Dicen que la hubieran matado a ella misma, a no mediar la intervención de un tío, miembro conspicuo de la Federación Apostólica. Los cuerpos sin cabeza decoran los umbrales con un horror congelado, sin que sus propios deudos se atrevan a levantarlos. Brotes nuevos perforan la carne que parece haberse hecho transparente, avanzan entre los adoquines, florecen desde las excoriaciones, levantan con obstinación impersonal los coágulos de sangre seca.

Pero los muertos —aunque escandalosos— son en su mayor parte de poca monta. No pasan de la veintena, y casi no pertenecen a la "gente decente". Entre los más notorios figuran, a lo sumo, algún tendero enriquecido, como el portugués Nóbrega, un hermano del traidor Gregorio Aráoz de Lamadrid, y el coronel Sixto Quesada, ex ayudante de Lavalle. Con poco gasto y escaso riesgo de grandes venganzas, los hombres de Rosas han logrado una mise en scène *espectacular que amordaza las bocas, borra la tinta de las cartas que intrigan e inhibe las voluntades.*

Los ejecutores conviven con nosotros en los salones engalanados. Ciriaco Cuitiño, de impecable uniforme, levanta la mano en un brindis dulce y feroz, prometiendo matar cuantos unitarios se necesiten para componer una alfombra por donde cruce la calle la Niña Manuela. Pero la palma se la lleva quizá el bello Martín Santa Coloma. Mientras Melanie palidece sin atreverse a sentarse —aunque se trate de una señora— con la copa en la mano, el santo brinda para poder matar "a todo el que se conozca enemigo del Ilustre Restaurador, a palos y puñaladas; pues yo pido al Todopoderoso que no me dé una muerte natural, sino degollando franceses y unitarios".

Manuela —vestida de blanco y rosa, casi feérica si no fuese al mismo tiempo tan carnal— se acerca a nosotros y rodea con un brazo cariñoso el talle de mi mujer.

—Ha dicho franceses y no francesas, querida Melanie. Su celo federal exime a las damas. (¿Y no hay acaso una sombra de burla y desdén en su sonrisa protectora? ¿No nos desprecia precisamente al protegernos? ¿No

disfruta al ver temblar a Melanie, como una perra de presa que huele el miedo de la víctima?) Tendría que darle también a Santa Coloma unas lecciones de oratoria y buena expresión, señor don Pedro. Me fastidia que siempre repita lo mismo. Exageración retórica se llama, ¿no es verdad?

Atacan un minué federal y se nos acerca, inopinadamente, Nicolás Mariño. Hemos hecho las paces y guardado en el cajón sospechas mutuas. Trabajamos como aliados, no obstante lo cual mi colega no deja pasar cualquier posible ocasión de mortificarme.

—¿Me permitirá usted un baile con su gentil esposa?

—Si la dama no se opone...

Melanie no quiere disgustar al redactor de La Gaceta *y Jefe de Serenos. Comienzan las figuras del minué, y debo soportar aún que las dos cabezas —la de Melanie y la de Mariño, guapo, cortesano y mujeriego— se muevan al unísono como muñecos.*

Advierto de súbito que la imprevisible Manuela ha deslizado su mano voluntariosa en la mía vagamente abandonada a un costado del cuerpo y que también nosotros —la gacela y el elefante— estamos bailando al compás automático de un piano eternamente retrospectivo, encerrados en la caja de cristal de las luces. Afuera estallan los cohetes y los fuegos de artificio y en las casas secretas y enemigas los gritos sepultados de aquellos otros que no podrán bailar.

Los ojos me duelen bajo la luz que disminuye. Cierro el cuaderno con cierta violencia y pago mis cervezas, y salgo a las calles con el pecho contaminado por un sentimiento indefinible que se parece —descubro con azoro— a la humillación y al desconcierto y al despecho. Me detengo y me sacudo, como para limpiarme y exorcizarlo, y pienso en el prodigioso poder de las palabras escritas hace más de medio siglo por un hombre humillado, desconcertado y despechado, incapaz de romper los vínculos de obediencia y deseo que lo avergüenzan. Me río a solas, sin que me importe la mirada de soslayo de los transeúntes. Por un rato he sido Pedro de Angelis. Ahora soy nuevamente, Gabriel Victorica. Sin embargo, aunque su dama haya pasado de los setenta años y ya no deje entrever la pantorrilla ebúrnea mientras una doncella calza su talón precioso, sé que yo también estoy aprisionado. La semana próxima todo volverá a comenzar, y enderezaré mis pasos hacia la isla de Circe, y caeré por largas horas bajo el embrujo.

Hay también un oscuro mandato o una fascinadora compulsión. Entregar el cuaderno a Manuela... ¿Es lo que hubiera querido De Angelis? ¿Es ésa la forma última de su amor o la de su venganza? ¿La consumación postergada de su deseo? ¿O es tan sólo mi propia y acaso deleznable curiosidad? Hundo la mano en el bolsillo, y doy vueltas a las tapas de color sangre, y pienso cuándo, y cómo, y por qué.

CAPÍTULO 6

"Ni Máximo ni yo estamos dispuestos a consentir que siga desperdiciando un día más su dinero en hoteles. En ninguno se está a gusto. Son todos muy caros y todos muy malos. Queremos que el tiempo que le quede aquí, se hospede con nosotros", había dicho la Niña.

Cuando un criado viejo de la casa Terrero se presentó a buscarme en coche alquilado, dispuesto a mudar mis pertenencias, me pareció el hecho más inevitable y natural del mundo. Para entonces, doña Manuelita ya había comenzado a aparecer en las cartas a los míos. Imaginaba posibles comentarios irónicos por parte de mi mujer, de abolengo unitario y emparentada con Mármol, pero la distancia jugaba a mi favor. De todas maneras, el día que mis cartas llegasen sólo habría ya hechos consumados, y la brillante aprobación de mis primeros exámenes sería la noticia más importante.

Volvieron a instalarme en el cuarto de Manuel Máximo. Tardé en dormirme —quizá la cena abundante, o el cambio de alojamiento, o el cuaderno punzó, mi compañero inseparable—. La luz irregular que proyectaba una lámpara de pared caía sobre una imagen que no había advertido antes, colocada en una suerte de nicho. Era una estatuita de Nuestra Señora de las Mercedes, tallada en una madera de difusa policromía. Mientras miraba las manos extendidas en un gesto absoluto de entrega y de piedad, pensé vagamente que los chinos tienen también una diosa a la que llaman Kwan Yin y a quien adjudican la administración de la misericordia.

A la tarde siguiente hallé a Manuela ordenando en persona mi cuarto. Mis trajes se habían vuelto a planchar y colgaban, perfectos, de las perchas. Mis instrumentos médicos resplandecían detrás de una vitrina. Mis libros formaban fila en una estantería pequeña, descubierta y acondicionada para tal efecto. Un fajo de papeles inmaculados y una pluma con tintero esperaban sobre el escritorio.

Manuela me sonrió, suspirando.

—Pase, Gabriel, siéntese aquí cerca. Hace tiempo que no me entretenía tanto. Es como tener a mis hijos en casa de nuevo.

—Si los atendía como me atiende a mí, debieron ser hijos privilegiados.

—Todas las madres actuamos del mismo modo. Lo que ocurre es que ustedes no se dan cuenta. Sólo cuando es tarde aprecian lo que han perdido.

Reparé en que la señora había bajado de su nicho la imagen de la Virgen misericordiosa y la limpiaba con una bayeta. Ponía extremo cuidado, para no dañar aún más la pintura que estaba ya en trance de desaparición.

—Es una talla bonita. Anoche la estuve mirando antes de dormirme, y si fuera creyente diría que descansé mejor gracias a ella. De un tirón y sin un mal sueño, hasta que me tocó levantarme.

—Sin duda que habrá sido su benéfico influjo, aunque usted se obstine en tomárselo a broma.

Sonreí.

—¿Es una talla argentina o la han comprado aquí, en Europa?

—Es española, pero fue adquirida en la Argentina. En realidad, la heredé de Tatita.

—No imaginé que su padre tuviera estas imágenes piadosas.

—Mi padre era un católico ejemplar y ferviente, señor Victorica, como debiera usted saberlo.

—No me refiero a eso, doña Manuela, sino a que, como se conocía ampliamente la absoluta austeridad del general Rosas, aun tratándose de imágenes sacras, siempre pensé que en su cuarto o en su despacho tendría un crucifijo a lo sumo.

—En eso no le falta razón. En realidad fue un regalo que recibió cuando ya estaba en Southampton.

—¿Se la obsequió usted, acaso?

—No, fue una persona allegada.

—¿Allegada?

Manuela se demoró en responder. Volvió a colocar la imagen sobre el nicho, y se retiró para observarla desde cierta distancia.

—Una muchacha que sirvió a mi madre durante su enfermedad, y luego se ocupó de la atención de Tatita. Él le estaba especialmente reconocido (por eso la consideró en su testamento) y ella a él también, como lo prueba este obsequio.

—¿No sería María Eugenia Castro?

Manuela me miró con tirante suspicacia.

—Me desconcierta usted, doctor Victoria. Parece ignorar algunas cosas obvias y sabe tanto de otras... Acabaré por creer que además de médico es brujo.

—Usted disculpará, doña Manuelita, pero el nombre de María Eugenia Castro ha estado en boca de las gentes últimamente.

—Pues ya habrá comprobado que estuvo en vano. La justicia negó toda razón a los reclamos de sus hijos.

Manuela se sentó, quizá fatigada. Miraba a la lejanía, por una de las ventanas del dormitorio. Había echado mano de su infaltable abanico.

Rosas no dejó enfriarse el cadáver de su mujer. Sin duda hallaba su lecho demasiado solitario, y quiso despejar cuanto antes el tufo de las cataplasmas de linaza y el vaho de los eucaliptos que aromaban la alcoba de la enferma. Pero no eligió para su compañía a una mujer de la "clase decente" sino a una muchacha del servicio, una joven menor que su hija, ni criada rasa ni pariente pobre. Se trata de una especie de ahijada o protegida, una huérfana a la que su padre encomendara a Rosas, su jefe militar y patrón, para que la auxiliase en su orfandad y sin duda para que le encontrase marido. Ningún marido hallará la muchacha mientras Rosas viva y la posea, como tampoco ha de hallarlo, seguramente, su hija Manuela. El padre es el virtual marido y el guardián de todas las mujeres de la casa, aunque unas estén exhibidas en el escaparate brillante de las fiestas y otras ocultas en la penumbra de los cuartos.

—Es curioso. Eugenia significa "la bien nacida".

—De su madre nada sé. Su padre era un honrado federal, el coronel don Juan Gregorio Castro. Pero ella...

—¿Ella?

—Una de esas chinitas calladas que parece que no rompen un plato, pero cuando uno se descuida...

—¿Pues qué hizo Eugenia?

—No era ninguna santa. Antes de morir mi madre ya se encontraba en estado. Y no por culpa del general Rosas, como se ha dado en creer. Su primera hija, Mercedes, llevó el apellido Costa porque fue engendrada por Sotero Costa Arguibel, un sobrino de mamita.

—Parece difícil creer que ella pudiese elegir. O resistirse.

—Algunas mujercitas son como animales. No digo yo que en eso haya mala índole. Nadie culparía de maldad a una yegua en celo que se deja cubrir por el semental de la tropilla. Aunque tampoco le adjudicaría virtudes.

—¿Y a qué llama usted virtudes?

—¿Cómo? ¿Tan revolucionado está el orden del mundo que ya no sabe usted cuáles son las virtudes femeninas?

—Es posible que no lo sepa. No he sido educado en ellas.

—Pero sí habrá buscado una esposa que estuviese formada según estas normas.

—¿Cuáles?

—Es usted imposible. Parecido a mi hijo Rodrigo cuando empieza con sus bromas. Pero ya que me pide el catecismo, se lo expondré como si fuese la hija que no tuve. Una mujer, señor Victorica, no debe jugar con fuego, si no puede.

—¿Cómo?

—Si no puede dominar la situación. A todas las chinitas les gusta coquetear a los trece o catorce años. Cuando quieren volverse atrás ya es tarde. El macho al que provocaron entre timideces y parpadeos se les ha echado encima y les ha hecho un hijo. ¿Quiere usted más claro o se lo digo en latín? Por lo menos sé el de la misa.

—¿Y si la mujer puede?

—Pues juega hasta donde le convenga y lo necesite. Bien empleado les está a los varones, que llevan siempre la mejor parte. Y se venga de dos maneras: o mortificando al galanteador que nunca obtendrá lo que desea, o poniéndolo bajo la bendición del cura.

Solté la risa.

—¿Y usted pudo?

—Si sigue haciendo preguntas como ésa, acabaré por creerlo tonto. ¿Pues no ve usted que sí?

Sigo merodeando la casa del Gobernador. Agraciado ya con mi nombramiento de Segundo Archivero, todavía no se concreta, sin embargo, la fundación de ese gran diario cuya dirección quisiera encargarme Manuelita. Pero tengo entre manos un hallazgo que acaso represente para mí la fortuna definitiva y la eximición de las pesadas galeras de la prensa. Se trata de la descripción de la isla llamada de Pepys, en el Atlántico Sur, avistada por Ambrose Cowley en el 1683. Yo soy el único poseedor legítimo de este documento y por lo tanto de los derechos sobre la isla, si llego a conformar una expedición como para abordarla y explotarla.

Mientras tanto continúan mis conversaciones con la hija del Restaurador, que ella se resiste a denominar "clases". La escena de la toilette matinal no ha vuelto a repetirse, y yo no me he atrevido a seguir buscándola en los juegos de la luz bajo su ventana. La Niña me recibe completamente vestida, con trajes de mañana de módico escote y pañoleta de puntillas que se prende sobre el pecho con un camafeo. Pero el terciopelo marca los senos altos, y los cabellos no siempre están bien recogidos. A veces sólo lleva una vuelta de trenza sobre la cabeza, en forma de corona, y el resto del pelo cae en ondulaciones anárquicas, avanza más abajo de las nalgas, roza sus brazos, se enreda en los objetos. No hace mucho, una madeja quedó atrapada en las vueltas de un botón de mi chaqueta, y la Niña misma, con adorable sonrisa de disculpas, se empeñó en desenrollar las hebras luminosas mientras su moño me rozaba las mejillas.

Leo para ella los poetas castellanos y explico la gracia de las rimas y el resplandor de las metáforas. Recito al inmortal Gutierre de Cetina:

> *Ojos claros, serenos,*
> *si cuanto más piadosos, más bellos parecéis*
> *a quien os mira,*
> *¿por qué, si me miráis, miráis con ira?*

Pero la Niña se distrae. Parece pendiente de ruidos o murmullos o voces que provienen o deberían provenir del otro lado de la casa. Con un movimiento de fastidio cruza la pierna con brusquedad y la falda se echa por encima de la botita, y de nuevo quedan al descubierto los ricos encajes de las enaguas y aun parte de la pantorrilla. Aunque nunca he reparado especialmente en los atavíos de las damas, puedo recordar —como si fuera un pintor— todas y cada una de las prendas que adornan a Manuela, el tono de los vestidos y el arreglo de las cintas, y los zarcillos y las cadenas de oro y plata que aparecen y desaparecen en la contradanza de los mínimos movimientos.

Un llanto agudo y persistente de criatura recién nacida corta la métrica de los madrigales y los sonetos.

La Niña se levanta casi de un salto.

—¿Pasa algo, doña Manuelita?

Ella se alisa la falda y respira profundamente. Se le han subido los colores a la cara.

—Nada de cuidado, señor don Pedro. Sin duda ha parido una de las chinitas, que estaba ya a término.

—¿Una de sus asistentes?

—Una muchacha que era del servicio de mi madre, María Eugenia.

—¿Es primeriza?

—No. Éste es el segundo parto. Ella esperaba un varón. Un heredero —agrega con cierto retintín incalificable.

Vuelve a sentarse y me mira, pero la mirada se le escapa, traspasándome, atravesada por relámpagos.

—Usted disculpará, no tengo voluntad de seguir nuestra lectura de hoy. No me siento bien. Estoy fatigada.

—Como mande, doña Manuelita. Mañana podremos continuar.

La mirada se posa ahora en mí, todavía endurecida por una cólera que no se me dirige.

—Yo le mandaré aviso.

Sé que cuando cierre la puerta desapareceré por completo de su vida y de su memoria, hasta que las circunstancias y las conveniencias le recuerden mi existencia. Amo su mirada furiosa que todavía me enfoca por un instante.

> *Ojos claros, serenos,*
> *ya que así me miráis, ¡miradme al menos!*

—Pero en definitiva, Eugenia fue la compañera de su padre durante muchos años.

—Y no tuvo de qué quejarse. En casa no le faltaba nada. Pasaba las horas muertas sin trabajar. Únicamente cuidó de mi Tatita y luego de sus hijos.

—¿Los de su padre?

Manuela me mira con una fijeza dolorosa.

—Los de Eugenia Castro, doctor Victorica. ¿No lo han dicho

jueces probos de los actuales y excelentes gobiernos, en quienes todo el mundo cree?

—Pero usted sabía...

La mejilla izquierda le empieza a vibrar con un temblor nervioso.

—¿Por qué he saber yo más que mi propio padre, a quien atañía directamente aquel asunto, y que los jueces de la Nación? ¿Por qué he de ir yo más allá que ellos? ¿Por qué he de desconocer el testamento escrito de puño y letra de Juan Manuel de Rosas, donde él mismo dice que no ha tenido ni reconocido en persona alguna otros hijos que los de su mujer legítima doña Encarnación Ezcurra y Arguibel?

El reinado de Eugenia Castro no tiene visos de eclipsarse. Notable paradoja si se piensa que esa "reina" es alguien que casi no existe. Muda, intocable e invisible, sólo manifiesta su presencia en las criaturas que va pariendo año tras año, alguna de las cuales se parece a Rosas notoriamente más que doña Manuelita misma.

Desde la creación del Archivo Americano *la veo menos. La veo poco. Logro olvidarla, a veces, por períodos relativamente largos. No me pregunto ya ni lo que hace ni lo que dice ni lo que sueña, ni con quién duerme ni con quién baila ni a quién sonríe. Pero cuando me la cruzo en los pasillos de la casa real, o cuando el Gobernador la coloca de intermediaria en nuestras entrevistas, el vaho de jazmín que la precede opera como un reactivo químico que cambia violentamente de color la superficie apacible y mentirosa de mis afectos. El deseo camuflado se revela de golpe, gira al ocre o al violeta, e intento ocultar con la máscara urbana y la voz domesticada la aceleración de mi sangre y el temblor de los músculos. Ahora le ha dado por hablarme, otra vez, con cierta frecuencia.*

Me acerqué a ella, y me atreví a ponerle una mano sobre el hombro.

—Por favor, no se enoje conmigo.

Manuela me apretó la mano, sin dar vuelta la cara.

—No hay cuidado. Nada tiene que ver usted con sucesos ocurridos hace ya tantos años. Pero fue difícil.

—Me hago cargo. Los comentarios, las críticas.

—Eso me preocupaba sólo hasta cierto punto. Para los enemigos políticos cualquier flanco débil es bueno. Pero el gobierno de Rosas no peligraba por razones como ésas.

—*Me alegra que me considere su amigo.*

—*¿Pues qué otra cosa podría ser usted, señor don Pedro?* —insiste, abanicándose con pericia—. *Un buen amigo, un hombre sabio, de mundo y de consejo. Alguien especial* —y acentuó el término— *en quien apoyarse.*

—*¿Y en qué puedo servirla?*

—*Oh, nada en particular. Ocurre que tengo preocupaciones muy difíciles de confiar a cualquiera.*

—*Yo no soy cualquiera.*

—*Claro que no. Por eso, tal vez, su opinión me ayudaría. Usted habrá visto ya la situación... irregular en la que vive mi padre.*

—*¿Irregular?*

—*Ni casado como Dios manda, ni sin mujer.*

—*No es algo tan infrecuente en los gobernantes.*

—*Resulta enojoso en alguien que defiende y ha defendido con tanta enjundia la fe católica.*

—*Yo no veo a los representantes del clero muy indignados.*

Manuela ocultó la cara tras el abanico.

—*Ni se indignarán. Al menos los de Buenos Aires. Tatita les ha otorgado a todos especiales mercedes.*

—*¿Y entonces?*

—*Nuestros enemigos exteriores no serán tan contemplativos ni condescendientes.*

—*Pero su señor padre tiene su vida privada muy en reserva. Y yo me ocupo, junto con sus otros amigos, de que así continúe.*

—*Tal vez no sea tan bueno seguir manteniendo esa reserva. Mientras se sienta protegido, Tatita persistirá en esa conducta peligrosa. Quizás un escándalo periodístico lo haría cambiar de actitud.*

—*Pero yo no puedo sino protegerlo. Por lo demás, no es algo que atañe a su vida pública, la única que importa, en este caso.*

El abanico retomó sus maniobras.

—*Algún día todo esto traerá problemas. Y muchos. Ya los trae.*

Manuela me miró intensamente.

—*¿Usted cree que Rosas, Tatita, mi padre, sufre o ha sufrido por mujer alguna? ¿Sufrió por mi madre? ¿O lloró como un actor? ¿O como los predicadores para persuadir a sus fieles? ¿O como los políticos, que son la misma cosa? ¿Sufriría por mí?*

La cara de Manuelita se había ido aproximando a la mía mientras hablaba. Su aliento —menta y mate amargo con reverberaciones de canela— casi me rozaba la boca.

Bruscamente sacó del seno un papel.

—*Fíjese usted lo que me dice en esta carta, donde manda suspender el luto por mamita, que ya llevaba dos años largos: "¡Acordándome de ti, a quien conozco que amo más que a mi vida!".*

—Sin duda que ha de ser como él lo escribe. Pero su padre también es un hombre. Y necesita otra clase de afectos. Usted debiera hacer lo mismo, si me dispensa, doña Manuela.

Me miró con tristeza irónica.

—*Mientras Tatita gobierne, señor don Pedro, sabe usted bien que no me será posible tomar marido. Ni aunque él se casara con la Castro. ¿O imagina usted a esa china cumpliendo mi papel, bailando con el caballero de Mandeville, y discutiendo, como quien no quiere la cosa, asuntos de Estado? Mi padre no se sacrifica, yo sí.*

—Él tampoco ha colocado a otra mujer en el lugar de su madre. Ni en el suyo. Quizá lo que él desea es que todo continúe como está. Y que usted, con discreción, como él mismo lo hace, pueda buscar también otros consuelos... conservando el poder.

Apenas pronunciada la frase, me quemó los labios. Esperaba el bofetón, o al menos la reacción airada de la Niña, siquiera para guardar las formas. Pero nada de eso ocurrió. Demoraba la respuesta, pensativa.

—*Señor don Pedro, estos años no han pasado en vano, y ya conozco el mundo. En Palermo las mujeres —y sobre todo la hija del Gobernador— no deben tomar amantes. ¿Por otro lado, aunque así fuere, aunque mi padre callara y consintiera, qué varón toleraría permanecer en la oscu-*

ridad, sin pregonar a los cuatro vientos que...? Quizás el miedo pudiera disuadirlo. Pero... Tampoco me interesa entregarme a un cobarde.

La garganta se me secó. ¿Serían vanas, ficticias, las sombras de su reja? ¿O se habría cansado Manuela de él, de ellos? ¿Habría llegado por fin mi oportunidad? ¿No era el momento de ofrecerme yo mismo como la única solución posible? ¿No estaba ella abriéndome el corazón?

—*Es que debe usted buscar el varón adecuado. No un joven impetuoso, capaz de echarlo todo a rodar por una imprudencia. No un arrogante que de inmediato quiera jactarse de su conquista, ni un apocado que no se atreva a respirar. Mire a su alrededor y encontrará pronto, en el mismo círculo de sus fieles, a quien pueda constituirse en su amante y su amigo, su protector y consejero, alguien maduro, asentado y sin prejuicios, a quien los años hayan traído sabiduría y sensatez, y en el que pueda usted confiar como en su padre. Alguien como...*

Manuelita cortó de repente la apasionada argumentación.

—*Tomaré en cuenta sus palabras, señor De Angelis. Son razonables, aunque quizá no demasiado placenteras —sonrió—. Conservar el poder... como usted lo ha dicho, requiere que todo siga como está. Y así seguirá, al menos en apariencia.*

Cerró el abanico con un golpe seco, y ofreció la diestra a mis labios en el gesto de despedida. El vaho de jazmín se fue alejando y disolviendo en el aire con el vaivén de su vestido.

Pero no mi deseo.

—¿Y entonces? ¿Qué inconvenientes representaba en verdad Eugenia Castro?

—Es que yo era o había sido la única persona en quien mi padre confiaba más allá de todo límite.

—¿Y no siguió siendo así?

—Mi madre temía más que al demonio a esa clase de mujeres.

—¿Esa clase?

—Las que atan al hombre con el silencio del cuerpo.

—¿Y qué hizo usted?

—Pacté.

Como en casi todos sus actos, Manuela demuestra una sagacidad fuera de lo común (que por desdicha, nunca me beneficia). Ahora está en las mejores relaciones con la manceba de Rosas. Aunque la haya conocido como una chinita insignificante que le traía por las mañanas el mate de leche y aunque dé pábulo con esto a las incansables murmuraciones de los unitarios, el primero entre ellos su enamorado Mármol, al que le ha dado por compadecerla. ¿O no escribe acaso, desde Montevideo, donde se ha exiliado: Él hace de su barragana la primera amiga y compañera de su hija; él la hace testigo de sus orgías escandalosas...?

La imaginación de estos jóvenes románticos es, por cierto, incontenible. Las orgías del señor Brigadier no pasan de una colección de bromas de mal gusto que suelta de golpe ante cualquier visita —sobre todo los negociantes extranjeros—, o del besamanos al que algunas jovencitas (o a veces damas en desuso) se prestan entusiastas para conseguir honores y favores.

María Eugenia Castro sólo aparece de cuando en cuando en reuniones muy íntimas a las que alguna vez somos invitados. Es una muchacha de campo, de constitución más bien endeble, pero que ha terminado por volverse gruesa entre maternidades y lactancias, ocios prolongados y pastelitos de membrillo. No. Rosas no es un Nerón ni un Calígula. Ha demostrado interesarse solamente por las mujeres, y aun en este rubro sus gustos son harto simples, y hasta rudimentarios. Ni gracias mundanas, ni palabra desenvuelta, ni belleza incitante puede haber hallado en esta paisanita de cara fresca, simple disposición y conmovedores ojos negros, vacíos de toda emoción que no sea dulce y algo lastimosa la mayor parte del tiempo.

Generalmente, la Castro ingresa al salón del brazo de su hijastra —mayor que ella—, que se ocupa de vestirla y aleccionarla para su desempeño en sociedad. Viene correctamente abotinada y envuelta en buenas telas pero cortadas por modistos caseros con el prurito de no dejar asomar un centímetro más allá de lo conveniente. Al lado de la Niña —que encarga sus modelos a París, como doña Agustina Rosas de Mansilla— parece un ama de llaves, o mejor aún, un ama de cría bien alimentada y bien cuidada que goza de la estima y consideración de la familia.

Cuando eventualmente llega Rosas, la Niña deja de tocar y cantar la tonada de moda y corre a su encuentro. Le echa con cariño los brazos al cuello y lo reconviene —si empieza a refrescar— por no haberse abrigado con su chal de vicuña. Lo conduce al lugar de honor, que ocupa entre los plácemes y saludos de los asistentes, mientras Eugenia, firme en su silla un poco apartada, baja la cabeza y envuelve y desenvuelve infinitamente entre los dedos una de las cintas de su vestido.

Rosas mira a su hija. Se miran con inconmensurable orgullo recíproco. Por un instante nos enceguece a todos, como una luz hiriente, mal puesta, demasiado brillante, la convicción de que ninguno de ellos cedería al otro, ni siquiera provisoriamente, a cualquier ajeno afecto celeste o terrestre. En ese instante, todos los presentes dejamos de existir.

—Así es, hijo mío. Eugenia tenía sus funciones y yo las mías. Ella se encargaba de la atención personal de mi padre, lo afeitaba y le cortaba el pelo, le preparaba tisanas y cataplasmas si estaba enfermo, le cebaba mate, probaba sus alimentos antes de que él los llevase a la boca.

—¿Probaba sus alimentos?

—Siempre se temió que mi padre pudiese morir envenenado.

—Poco le importaría enconces al señor Brigadier la vida de su Eugenia.

—Oh, vamos. Ella lo hacía por su propia iniciativa. Con esas atenciones cuidaba su posición en Palermo, que tantas muchachas de su clase hubieran envidiado y que envidiaban, sin duda.

—Pero su padre era mucho mayor, y quizás ella...

—Doctor Victorica, desde su sitio no estaba Eugenia como para reparar en semejantes consideraciones. ¿Cree usted que no soñaba con Rosas la mayoría de las mujeres de Buenos Aires, ya fueren ellas damas o chinitas? He visto y tratado en mi vida a muchos hombres, caballeros y patanes, doctores y sacerdotes. Muy pocos, o ninguno de ellos a la verdad, podrían compararse a mi padre en gallardía y en belleza varonil.

La miré, y la habré mirado con asombro, porque ella añadió, decidida.

—Salvo, claro está, mi propio Máximo, mi excelente compañero y protector, al que Dios me guarde. Pero pase usted al salón. Soy mujer de hábitos y no vivo sin mi té.

Obedecí, y nos sentamos en los sillones de costumbre. Doña Manuela suspiró.

—Si hubiese sido sólo Eugenia. Pero esos niños... Encantadores hasta los dos años. Después se volvían insoportables e insolentes. Alentados por mi padre, que es lo peor. Si mi hermano o yo hubiéramos hecho la mitad de los desmanes que hacían ellos, bien que hubiésemos sido castigados... Claro que únicamente mi madre se encargaba de las reprimendas. Tatita siempre estaba fuera. Quizá por eso lo he querido tanto cuando tomó el gobierno, y ya no se marchó de casa, y pude recuperarlo.

Los hijos de Eugenia Castro invaden los jardines palermitanos. Melanie los mira con ternura condescendiente y acaso envidia secreta por su madre, deshonrada pero prolífica. A mí me parecen unos desvergonzados mocosuelos que han heredado el genio despótico y cazurro de su padre, y a cuyas diabluras nadie se atreve a poner coto, menos que menos el Gobernador mismo.

Si don Juan Manuel me cita en Palermo los días de primavera, cuando urde sus estrategias paseando por el parque, voy advertido y preparado para los más indignos vejámenes. En cualquier momento, una fruta verde me pegará en la nuca, o una pella de barro bien amasada se estrellará contra mi blanca pechera y mi corbata de dos vueltas. Esto en el mejor de los casos, porque no ha faltado ocasión en que me insulten con orines de gato o estiércol equino todavía humeante. De poco vale que maldiga en buen italiano, y levante el bastón amenazando al agresor invisible. Una risita aguda como el chillido de un mono correrá por el follaje, unos ojos chicos, azules y rasgados —a veces sólo un par, a veces varios—, estarán vigilándome desde las ramas de algún árbol.

Pero lo peor empieza cuando me presento ante Rosas en semejante estado. El Brigadier me mira de arriba abajo con los mismos ojos azules y astutos —dos rayitas de burlona maldad—, y a veces hasta me olfatea, con la nariz fruncida y conteniendo la risa.

—*¡Cómo viene usted hoy, señor don Pedro! ¡Pero qué líquidos y sustancias caen ahora del cielo! ¿Quién lo ha puesto así? ¿Algún angelito?*
—*Algún diablo querrá decir, señor Gobernador.*
—*No tenemos diablos en Palermo. Están todos en Montevideo. Aquí sólo quedan los buenos federales que gozan de franquicias y pasaporte directo con su tocayo, san Pedro.*

En esos momentos olvido el pan que como, y mi casa con cuadros de buenas firmas y mi biblioteca, única en ambas orillas, y los vestidos de seda que ponen a mi mujer a la altura de las más orgullosas señoronas de Buenos Aires. En esos momentos desafiaría al Gobernador a un duelo sumario con las pistolas que manejé con harta destreza cuando me gradué como oficial de artillería en Nápoles, mucho antes de encerrarme entre las cuatro paredes de una imprenta. En esos momentos, por ramalazos, compadezco a Manuela.

—No estaban bien educados, doctor Victorica. Se rebelaban contra sus maestros y no aprendían las lecciones. Apenas si llegaron a leer y escribir medianamente, y el niño que nació después de nuestra partida, ni eso. Ni ellos quisieron instruirse, ni mi padre se ocupó de que lo hicieran. Lo distraían con sus juegos y sus risas, y de haber seguido gobernando Tatita, hubiesen llevado una vida fácil. En cuanto a Eugenia, nunca tuvo ni autoridad ni voluntad para imponérseles. Así han terminado todos, por desgracia, sirviendo a otros, salvo el pobre Arminio, que era valiente y llegó a capitán, y si sirvió fue sólo a la patria, en la guerra del Paraguay, donde encontró la muerte.

Recordé el pleito que el viudo de Angelita (el "Soldadito" como la llamaba Rosas) había entablado contra Manuela cuando ésta recuperó la herencia de su madre, y al que se unieron los restantes hermanos.

—La más vivaracha y graciosa era Angelita. Tatita la quería mucho y yo también, a pesar de las vergüenzas y malos ratos que me hizo pasar, cuando ya estaba comprometida con Máximo. ¿Quiere usted creer que mi padre la ponía de centinela, dirigiendo a los otros, para que le contara lo que hacíamos Máximo y yo? Siempre se cebaron en espantar a mis pretendientes.

Nos reímos ambos. Pero Manuela pronto cambió de voz y de mirada.

—Muerta ella, que me escribía bastante a menudo, y muerto Arminio, ¿qué vínculo me quedaba ya con los otros? ¿Y por qué había de repartir con ellos la herencia, no ya la de Tatita, que no he recuperado, sino la de mi propia madre?

Manuela soporta, como yo, y como todos los habitantes de la casa, espionajes y persecuciones de sus medios hermanos que la hostigan y vigilan a sus galanes. Esto la humilla y la halaga al mismo tiempo. Sabe que los ojos de su padre se reflejan y se multiplican en los ojillos insolentes de los niños que llevan su sangre. Sabe que su padre está pendiente de lo que hace y lo que dice, de cualquier desviación en el cauce más profundo de sus afectos. Si alguna influencia tuviese yo sobre esos salvajes en miniatura, con gusto hasta les pagaría para que a mí, y no a Rosas, me rindiesen cuentas de los hechos y dichos de la Niña Manuela.

—Con el tiempo, doctor Victorica, como a todo se acostumbra uno, me acostumbré a Eugenia. Nunca supe qué sentía en verdad ella por mi padre, o por mí. Hubiera tenido miedo de preguntarlo, yo que a muy pocas cosas temo. Menos supe, y creo que menos quise saber, qué clase de amor sintió Tatita por Eugenia. Mis tías y mis amigas la despreciaban, aunque nunca osaron decirlo abiertamente. Supongo que la consideraban como una yegua fiel y mansa, y ni siquiera muy hermosa, que mi padre había elegido por comodidad, para montarla cuando se le antojara, para que lo sirviera en sus necesidades y le calentase la cama.

La miré con curiosidad divertida y afectuosa. Manuela olvidaba conmigo todas las convenciones y los eufemismos del salón de una señora. Hablábamos como si estuviéramos entre hombres.

—¿Y cómo la consideraba usted?

—Nadie sabe qué pasa en el silencio de los cuerpos. Nadie

sabe qué hay en el alma de los que callan. Nadie sabe quién es más valioso ante los ojos de nuestro Padre.

Desde que Manuela me confesó su irritación, y quizá su infelicidad, ante los amores de Rosas, no volvimos a tener otro momento de verdaderas confidencias, de soledad íntima y reparadora. Casi nunca pude encontrarla a solas, sino en reuniones palaciegas, rodeada de otras personas, compartiéndola con ellas.

Pero hubo por fin una noche entre las noches, un regalo raro y agridulce. A fin de este año que acaba de concluir se celebró en Palermo una gran fiesta. Aunque así lo pareciese, no celebrábamos la paz (porque el gobierno de Rosas busca la cohesión y la unidad en el perpetuo combate contra enemigos visibles e invisibles), sino algunas victorias, así como cierta prosperidad relativa. Si bien habían asesinado a Cipriano Urquiza, el hermano del lugarteniente entrerriano don Justo José, los belicosos correntinos, los hermanos Madariaga, debieron retirarse a su provincia con el rabo entre las piernas. Huyó Rivera, derrotado por don Justo; el magnífico general Paz, el genial artillero, estaba en retirada. Hasta Purvis, el almirante inglés, que odia cordialmente a Rosas, fue trasladado fuera del Río de la Plata por su gobierno.

Por lo demás, Rosas festejaba quizás otro suceso privado y sin duda impublicable: Eugenia, su Cautiva —como ha dado en llamarla— le había parido otra hija, de nombre Nicanora. Después del banquete y de los fuegos artificiales de aquella noche, iríamos a una función de gala en el tercer teatro de Buenos Aires, recién inaugurado, al que Rosas quiso bautizar —significativamente— como el del "Buen Orden".

Manuelita bailó y cantó hasta el agotamiento, hasta derrumbarse en un silloncito contra la pared. Era el momento para ofrecerle el brazo, y un paseo refrescante por los jardines. Aceptó con gentileza y comenzamos a caminar a favor del aire húmedo, impregnado de risas, murmullos, floraciones.

Manuela tenía entre las manos su imprescindible abanico, más justificado que nunca, por la agitación del baile y el calor de la noche. Era una rica pantalla de seda española, pintada a mano con rejas y toros y una maja goyesca con mínimos y bellos ojos de almendra.

—Se cansa uno solamente de verla bailar, doña Manuelita.

Ella rió, casi feliz y descuidada.

—Bailar, como cabalgar, señor don Pedro, es gozo y olvido.

—¿Y qué tiene usted que olvidar, mi señorita?

Suspiró.

—No es fácil mi vida, amigo mío.

—Ni la mía, doña Manuela.

—Sin embargo, usted bien puede considerarse feliz. Hoy por hoy, ¿qué echa de menos? Dirige el diario más importante de ambas orillas; se lo respeta como lo que es, un sabio; su patrón será quizá un hombre difícil —sonrió— pero no hay gloria sin sacrificio. Si no está en su patria, tiene una mujer que pasa por fiel, hermosa y prudente y una casa exquisita visitada por la mejor sociedad de Buenos Aires. ¿Y se queja sin embargo...?

—Somos criaturas expuestas al deseo, por eso nuestro mayor placer es también nuestro mayor dolor: olvidar cuanto tenemos y querer únicamente lo que nos falta.

Nos miramos, y ella me sostuvo la mirada, no ya con frialdad, sino con pasión contemplativa.

—¿Y qué le falta, señor don Pedro?

—¡Por Dios, Niña!, ¿es que usted ya no lo sabe?

—Los hombres parecen acordarse de Dios sólo para sus juramentos amorosos. ¿Cuántos amores se pueden tener, señor don Pedro? ¿Ama usted a su mujer?

Callé, desconcertado.

—Claro que sí la ama, aunque intermitentemente le convenga olvidarlo.

Se ocultó, salvo los ojos de almendra, detrás del abanico.

—¿Me ama usted, señor don Pedro?

La tomé de la cintura, y ella se soltó con un giro que era casi una parodia de reverencia.

—Claro que no, señor don Pedro. Usted ama a la hija del Gobernador, a la princesa criolla que otros desean (acaso sólo porque otros la desean), y que tiene en su corte hasta a un bufón norteamericano.

Dio una vuelta sobre sí misma siguiendo los pasos del minué federal que nuevamente se oía en el salón.

—¿Lo amo yo a usted, señor don Pedro? Claro que no, mi ilustre amigo. Si después de todo, no es más que un sirviente de lujo, o un mercenario de subido precio. Si usted juzga a mi padre, no nos engañemos, como un patán, o un inquisidor, inteligente, sí, pero feroz, y sin embargo lo sirve por buen dinero. Como hombre, el bestia de Ciriaco Cuitiño vale más que su merced, pues al menos cree en lo que dice y en lo que hace y morirá por Rosas y por la Niña Manuela y por la Santa Federación cuando lo fusilen o lo degüellen.

Un dolor rechinante empezó a partirme el pecho en dos, impidiéndome casi respirar. Me sentí inmensamente envilecido y viejo. Un tronco reseco que iba siendo hachado por una sierra de crueldad juguetona, demasiado lenta.

Manuela interrumpió el simulacro de danza para mirarme otra vez a los ojos.

—Pero tal vez sí lo he amado un poco, señor don Pedro. Tal vez no a usted, Pietro, paisano de Nápoles, parido por una madre que le dio el pecho y lo envolvió en pañales, como a cualquier niño. Pero sí amé, quizás, al hombre que todo lo sabe, al que había leído todos los libros. Como amé en mi padre al hombre que todo lo puede. Las mujeres gastamos nuestra vida en amores de ese tipo. ¿Será porque nada sabemos, ni podemos, maestro mío?

Escuché el derrumbe del follaje, las ramas que se quebraban al caer desde la altura. La sierra había cumplido su tarea, y bajé la cabeza.

Manuela me puso una mano sobre la frente.

—A lo mejor lo quiero todavía, Pedro de Angelis, grande como un oso y pequeño como un niño encaprichado, torpe entre todos sus libros, vicioso de los infolios y los documentos como otros lo son del juego y de la bebida.

Se apoyó bruscamente en mis dos manos, se puso en puntas de pie y me dio un beso en la mejilla, casi sobre la comisura de los labios.

Al minuto se recogió la falda y saltó con agilidad de amazona sobre los macizos de flores y se unió a las comparsas y a las rondas del salón iluminado.

A la mañana siguiente una criadita de razón me trajo a la imprenta un sobre cerrado. Me escondí para abrirlo donde no pudiese advertirse el temblor de mis manos. Contenía solamente una esquela.

Olvide y perdone cuanto dije anoche.
Su afectísima:
M.

Nos costó trabajo deshacer el intrincado ramaje del silencio. Manuela bebía lentamente un té que se enfriaba.

—Así fueron pasando los años, hijo mío. Como quien los deja caer, ella en un lado de la casa, y yo en el otro. Eugenia llegó a tener siete criaturas. Mi padre la quiso llevar consigo, pero no pensó en todos los niños, sino sólo en Ángela y Arminio. Y Eugenia se negó a salir sin los restantes.

—¿Qué hubiera usted hecho en su lugar?

—Nunca estuve en su lugar, señor Victorica. Pero sí sé que en ningún caso hubiera dejado en el camino a un hijo mío.

Hizo una pausa, pensativa.

—Sólo una vez creo que envidié a Eugenia Castro más allá de lo que cualquier palabra pueda decir. Fue cuando aquel gran baile de homenaje, la fiesta que luego todos recordaríamos como la más excelsa versión de nuestra dicha, si alguna vez hubo dicha tal. Yo estaba vestida con el traje de noche que llevo en el retrato de Prilidiano Pueyrredón. ¿Lo ha visto usted?

Asentí.

Manuelita había posado con un modelo de terciopelo y encaje, cuya roja y dorada carnadura evocaba la España regia o el boato cardenalicio. Se dijo que el pintor, enamorado, había encendido con su propia pasión la blanca redondez de los hombros, la transparencia de los ojos, y hasta el destello de las alhajas diseminadas en el cuello, las muñecas, la cabellera.

—¿Sabe usted? Mientras avanzaba hacia el salón vi sin quererlo a Eugenia, por la puerta entornada de uno de los cuartos.

Estaba amamantando a su última niña, Justina, y había cerrado los ojos mientras enredaba entre los dedos los rizos de la pequeñita. La miré fijamente a la cara, que era tranquila y quieta. Parecía uno de esos cursos de agua destinados a no desbordar jamás de su cauce fijo. Un curso de regiones primaverales y fértiles, a las que no alteran ni lluvias ni sequías, y que resbala escondido entre follajes.

Su vida nunca sería otra cosa. Por un instante la compadecí. No era una mujer, sino apenas la hembra dedicada a parir y a servir, resguardada y prisionera tras de una reja real, aunque invisible.

Pero por otro instante, señor Victorica, me compadecí. ¡Y cuán hondamente!

Manuelita se interrumpió.

La mano de bronce sobre la puerta anunciaba ya la llegada de Terrero. Hablamos de naderías agradables, y Máximo —cordial y muy afectuoso cuando se lo conocía mejor— me rodeó los hombros con el brazo, congratulándose por tenerme como huésped y ya casi hijo adoptivo. Se me hizo un nudo en la garganta al pensar que mi padre no me había ofrecido en años una caricia similar. ¿O era yo, acaso, el que no le había dejado ofrecérmela?

Manuela tolera a la concubina a cambio de ser aquella en la que se ha convertido: no sólo la imagen intangible de los retratos, o el figurín que cruza los salones de baile, sino también la reina de las antesalas y la destinataria de todas las súplicas, y la ministra de Relaciones Exteriores que imprime sus rasgos atrayentes sobre las facciones anodinas del canciller Arana.

Manuela ha envejecido en la eficacia. Su oficina comienza en el dormitorio, frente a la luna del espejo que dibuja las líneas de su coqueto uniforme de trabajo. Sigue en su sala de recibir, donde estudia peticiones, promete hablar a Tatita, consuela y compadece, firma despachos, envía esquelas a la Policía y a la Curia y al Ejército del Restaurador, regala esperanzas, concede gracias. Junto con su tía doña Josefa Ezcurra maneja los hilos del espionaje interno, escucha los informes de los servidores negros, los susurros que alertan y que denuncian.

Después de la siesta, pasado el calor de las primeras horas de la tarde, su actividad se reduplica. Discursea con feliz oratoria en los teatros y las recepciones, reprende a los curas desviados del recto camino y en esto tiene buena práctica y notables antecedentes (¿no es ella la que años atrás ha dirimido el asunto de los jesuitas, expulsados luego por tibios y malos federales?). Cuando se quita la sonrisa sabe también firmar órdenes sobre el papel. Órdenes más inapelables que las de su padre, ya que es ella la última instancia de socorro.

Los unitarios la odian con moderación. Algunos, como el poeta Mármol, la aman apasionadamente; los más, la respetan o se apiadan. Dicen que es apenas un símbolo con el vientre seco, dicen que es la sombra irradiante del poder de Rosas, obligada a servir bajo los oropeles y la corona de honores luminosos y los óleos perfectos que la embalsaman en vida y van ya convirtiendo en máscara su cara. Tal vez ella se sienta así también algunas veces.

Pero la política impone al deseo sus propias reglas, quizá no menos seductoras. La Niña sonríe y colecciona pliegos diplomáticos, y las tarjetas de visita y las declaraciones de amor se van acumulando en su mesita de noche tapizada de nombres indiferentes: Walewski, Howden, Leprédour, Southern. Son cartas con las que Manuela juega un solo gran juego, el más importante: levantar el segundo bloqueo que la Francia y la Inglaterra han impuesto a la Confederación Argentina, defender el orgullo del Restaurador y de la patria, que son la misma cosa, y obtener —dentro del estrecho margen— las mayores ventajas para Buenos Aires.

Y el juego puede prolongarse por años.

CAPÍTULO 7

Un poeta que usa birrete de terciopelo en vez de sombrero y se presenta en todas partes con un enorme girasol en la mano y una tarjeta de visita que certifica: "El mejor escritor" debajo de su nombre. Oscar Wilde, irlandés auténtico, y por ello, también, eterno disidente adoptado por los ingleses. Buenos Aires sigue siendo aldeana y no depara cosas semejantes, a no ser alguna extravagancia de Mansilla. Somos varones ceremoniosos que temen al posible ridículo más que a la muerte.

No pude convencer a Manuela y a Máximo para que aceptaran mi invitación ("bastante teatro he visto y hecho ya en mi vida, señor Victorica, para que alguna de estas farsas modernas me informe de algo nuevo, o me haga gracia siquiera", dictaminó ella). En cambio me acompañaron con gusto su hijo Rodrigo y su esposa, a una de las representaciones más sonadas de la *season*: *Una mujer sin importancia*, comedia de costumbres. Su autor, el poeta de la verde Erín, se había calzado zapatos con hebillas de plata y exhibía desde el palco su flor característica, pero esta vez, previendo la oscuridad de la hora, confeccionada en un llamativo raso amarillo.

No un girasol, sino una planta de los mejores ciclámenes rojos que pude encontrar, era lo que yo llevaba para Manuelita, cuando entré en el salón de recibo la tarde del lunes, después del reinicio de clases. La había comprado en Covent Garden, a una jovencita flaca y descarada, pero de unos ojos abismales color violeta, de nombre Eliza. La señora me agradeció con gentileza aunque sin excesivo entusiasmo.

—Tiene usted un fino gusto doctor Victorica. Es de lo más bonito que puede hallarse en esta ciudad. Claro que no se comparan a otras flores tan habituales en el Río de la Plata. Como la estrella federal, por ejemplo.

Ya no volveré a vestirme de celeste o de gris, ni comeré en platos con otro adorno que paisajes encarnados. El punzó triunfa en birretes y distintivos, y hasta en arreos para los caballos y moños de raso en la cabeza de las damas, mientras que el verde y el azul cielo —colores unitarios— están prohibidos hace mucho, no sólo en la vestimenta, sino aún en la pintura de paredes y en la vajilla doméstica. También las flores reciben un bautismo político, según su tono cromático. Así, por ejemplo, la llamada "estrella federal", rara especie que otros países denominan "flor de Nochebuena", y cuyas hojas superiores se van enrojeciendo hasta que componen un astro carmesí. Sólo en su centro emergen las verdaderas flores, casi imperceptibles.

Desde hace un tiempo —dicen— todas las mañanas alguien manda un búcaro lleno de esas estrellas del color de la sangre a las habitaciones de la Niña junto con un sobre cerrado. Ella lo guarda y sonríe.

—Es verdad. Tampoco hay ceibos.

—Por eso me dedico a bordarlos.

Sólo entonces advertí con cierta sorpresa que Manuelita estaba trabajando con un bastidor en la mano.

—Ignoraba que tenía usted esa habilidad, doña Manuela.

—Habilidad es mucho decir, pero ¿qué mujer del Río de la Plata no ha bordado alguna vez? Era una asignatura obligatoria. Aun para las que nacimos sujetando las riendas de un caballo.

Me senté a su lado.

—¿Puedo mirar?

—Claro. Es un pañuelo para mi nuera Janie. Quiero que tenga algo verdaderamente argentino y hecho por mí, a pesar de mi mala vista. Ya estamos en época de despedidas, amigo mío.

Sobre una batista nívea se entrelazaban —en forma de guirnalda— mínimas flores de ceibo y estrellas rojas.

—Seguramente no volveré a tocar flores como éstas, trepándose a las rejas en primavera.

—No diga eso.

Manuelita no contestó. Reparé entonces en un pañuelo que debía ser el modelo del que entonces bordaba, cuidadosamente extendido y visible sobre una mesita baja. Era un poco más grande, y el mismo diseño floral se complicaba en él ligeramente, amén de incluir una significativa inscripción en letras de hilo de oro: "A doña Manuelita, hermana, amiga, y dueña". El firmante se ocultaba bajo una "C" misteriosa.

Manuela me siguió la mirada. Sonrió pero nada dijo.

—Hermoso molde —apunté—. Claro que ya no podrá repetirse la dedicatoria.

—Como tantas otras cosas.

—¿Fue un regalo de John Caradoc, verdad?

Manuelita dio un respingo.

—¡Pero qué enterado está usted!

Preferí no revelar cuál era la fuente de mi información.

—John Caradoc, lord Howden, barón de Irlanda y par de Inglaterra, enviado extraordinario de Su Majestad británica para mediar en los difíciles asuntos del Río de la Plata durante los años álgidos del segundo bloqueo... ¿no es así, doña Manuelita?

—Sabe usted más de mí que yo misma, doctor Victorica. Ya no recordaba ni que Caradoc hubiera tenido tantos títulos.

—Pero lo recordará como galante caballero.

—Eso sí. A galantería le ganaban pocos... o ninguno. Y sin embargo...

—No alcanzó eso para conquistar el corazón de la Princesa de las Pampas.

Manuela suspiró dando el último toque a una hoja de ceibo.

—Ya le he pedido que me retire ese inexistente pliego nobiliario. Soy vieja, pero no creo ser necia. En cuanto a Caradoc... la situación tenía sus complicaciones. En primer lugar, era bastante mayor que yo, que recién cumplía los treinta mientras él andaba cerca del medio siglo. Aunque naturalmente no se trataba de eso. Yo ya había puesto los ojos en alguien de mis años.

—¿Don Máximo?

—¿Y quién otro había de ser? Puedo asegurarle que nunca necesité buscar galanes de tierras remotas, cuando ya desde niña había recibido el regalo de conocer a Máximo. No hubiera encontrado uno mejor ni dando la vuelta al planeta. Ni en bondad, ni en hombría, ni en fiel dedicación. ¿Qué falta me hacían a mí los ingleses? De todas maneras en ese momento no hubiera podido casarme. Ni con John Caradoc ni con Máximo.

Así pues, Rosas, o por amor desmedido y celoso hacia su hija Manuela, o por considerar, con frialdad de hombre político, que un marido estorbaría la ocupación y lealtad absolutas requeridas para el cargo de Canciller, Ministro Plenipotenciario, y Virgen de los Necesitados que ella ocupa en su gobierno, ha puesto obstáculos a todos los aspirantes y desalentado cuantas propuestas de matrimonio se le han presentado a la Cleopatra del Plata. ¿Pero por qué Manuela, cortejada y asediada por todos los que se hallan en situación de pretenderla, no se ha rebelado con mayor insistencia y determinación contra tales dilaciones y prohibiciones? Quizá porque ama a su padre por sobre toda otra criatura de la tierra, y no postergaría el privilegio de estar junto a él en el poder por varón alguno. Quizá —y esto, ay de mí, lo voy comprendiendo mejor ahora— porque desde su posición no se halla sujeta a ninguna voluntad humana, salvo la del Gobernador y la de sus propios deseos.

Manuela dibujó las hojas simétricas de una estrella federal.

—Siempre pensé que cuando Tatita se retirara Máximo y yo hubiéramos podido acompañarlo en su vejez, en cualquiera de nuestras estancias. Pero el Destino, o las maldades de los hombres, no quisieron que así ocurriese.

—¿Es que su señor padre había determinado ciertamente retirarse?

Manuela me mira de hito en hito, con indignación sorprendida.

—¡Pero vamos, hijo mío! Bien se ve al cabo que también es usted el nieto del Entrerriano. ¿Qué mentiras le han contado? Claro que Tatita deseaba retirarse, en cuanto la Nación estuviese madura para pacificarse y constituirse, y él pudiera dejar sin culpa sus responsabilidades. ¿Cree acaso que el deber público no era carga pequeña para un hombre que trabajaba en los asuntos del Estado quince horas diarias, y apenas se permitía algún rato de alegre sociedad y esparcimiento? Por supuesto que si medito en cómo se han desenvuelto las cosas, y lo que han tardado en aquietarse medianamente los ánimos en nuestra desgraciada patria, él hubiera debido permanecer aún mucho tiempo en el gobierno, y a mí se me hubiesen pasado los años sin conocer la felicidad de mi matrimonio, y de unos hijos adorables como los que tengo. Sabrá Dios por qué hace las cosas. En lo que a mi persona respecta, le estoy bien agradecida.

Pero si mantiene a su hija apartada de la obligación conyugal, impulsa en cambio sus relaciones corteses o cortesanas con dignatarios de otras naciones, de las que aspira a obtener ventajas y favorables arreglos para su política ¿Cómo, si no, hubiese apoyado lord Howden la suspensión del bloqueo de los ingleses? ¿Se trata acaso del único ministro lúcido que ha comprendido la verdad: esto es, que las primeras víctimas del bloqueo son los propios comerciantes británicos? ¿O ante todo le interesa poner su justificada decisión como un don gentil o un anillo de bodas, en las manos astutas de Manuelita?

—¿Y cómo le regaló lord Howden ese pañuelo tan criollo?

—Oh, sé que lo hizo labrar por una de las mejores bordadoras de Buenos Aires. A él le gustaba indeciblemente todo lo argentino.

—Sobre todo usted.

—En esa época, quizá. Había sido un hombre aventurero, compañero del poeta Byron, ayudante de Wellington, muy dado a los azares y las guerras. ¡Quién sabe lo que hubiera pensado unos años después, de haberse quedado en el Plata, entre nosotros! Por otra parte, entre ambos existía un obstáculo en verdad insalvable. Caradoc era divorciado, ¿lo sabía?

—No. ¿De quién?

—De una muchacha de la nobleza rusa. La sobrina del príncipe Potemkin. Figúrese usted si no le agradaba lo exótico.

Los coqueteos de Manuelita con Howden llegan al límite de lo tolerable. Y al inglés, con tal de agradar a su dama, le tiene sin cuidado ponerse en el peor de los ridículos. John Caradoc pregona su amor a los cuatro vientos sin necesidad de decir una palabra. ¿Pues no se ha presentado vestido de poncho pampa, con chambergo y rebenque, en el campamento de Santos Lugares donde Manuela ha celebrado para él un agasajo íntimo? ¿No ha saludado en su idioma a los caciques aliados, no les ha manifestado absurdamente que él también es un señor en sus tierras de allende el océano? Faltó poco para que él mismo se prestase a domar un bagual y a enlazar avestruces con boleadoras, como el más rústico de los paisanos. ¿Es que bajo el frac y la impecable cortesía del caballero inglés no asoman acaso las pieles y los tatuajes de sus remotos antepasados: los bárbaros de los bosques, los celtas que sacrifican bajo la encina y el muérdago y cuyo príncipe se acuesta con una yegua para que el hilo de la vida humana sea duro y salvaje como una crin brillante?

Howden ha aprendido ya los bailes de la tierra, canta y rasguea medianamente la guitarra. Cualquier noche se apostará bajo los balcones de Manuelita para entonar una serenata contra la reja. Ella se moverá apenas en lo alto con un resplandor de seda, y arrojará una flor de ceibo al extranjero cantor que para Rosas no será nunca insolente. El Gobernador hará oídos sordos a la mediocre voz de barítono del tenorio ultramarino. Menos aún escuchará si rechinan los goznes de la puerta ventana y si un rasguido de espuelas abre un camino por la losa de los cuartos nocturnos y llega hasta el borde de la colcha de raso, y cae al descuido —junto con el poncho pampa y el calzoncillo bordado y la rastra de plata— sobre el inocente silloncito del tocador. Y yo estaré atado y amordazado por el decoro y las obligaciones en la bella casa de la ciudad que siempre soñé tener, amueblada con brocados y obras de arte, tapizada con manuscritos. Yo habré alentado esos amores clandestinos con mis propios consejos, para que no a mí, sino a otro dichoso beneficien. ¡Y no podré esperarlo en la oscuridad para echarle las manos al cuello, como esperan los jóvenes o las fieras!

—¿Y cómo toleró lord Howden su rechazo?

—Pues no sería el primero de su vida. Era hombre enamoradizo y apasionado por las damas, y no todas le habrán dicho que sí. Le escribí una carta muy amable y conceptuosa, diciéndole que lo vería siempre como al más querido de los hermanos.

Otro es el temple del conde Walewski, enviado de la Francia. Desdeñoso y resentido, como la mayoría de los bastardos —aunque él lo sea de un emperador— mira desde alturas superiores el pequeño mundo del Plata, y sopesa con la mirada fría de un cazador los encantos de Manuelita.

Tomamos café con especias y licores en la biblioteca de mi casa, a la que se ha dignado venir. Melanie, en el salón, hace los honores a la condesa.

—*Usted es un hombre culto. Imagino que no será muy agradable su vida aquí.*

—A todo se acostumbra uno, señor conde.

—*El gobernador es un bárbaro taimado. Menos mal que tiene a su hija como primera dama y ministra. Él solo sería de un trato insoportable.*

—¿Qué le parece doña Manuelita?

El conde entrecierra los ojos y echa la cabeza hacia atrás junto con el humo de su cigarro.

—*Simpática. Muy hábil. Una* jolie laide, *no exactamente una belleza. Pero tiene una penetrante sensualidad y firmes encantos carnales, como todas las criollas. Claro que le queda poco tiempo.*

—¿Poco tiempo?

—*Naturalmente. Se marchitará con alegría, embutida en buena grasa, a la usanza española. Todas engordan después de los treinta y cinco.*

Debí poner cara de desolación. Walewski rió.

—*Vamos, hombre. No será la desgracia de nadie más que de ella misma. Y ni aún eso siquiera. Si a casi todas sus compatriotas les ocurri-*

rá igual. ¿O es que a usted le interesa la dama? Pues aproveche ahora, que todavía —gracias al corsé— tiene cintura de avispa.

—¡Señor conde! La señorita Manuela Rosas no es precisamente, como usted parece creerlo, una mujer de la que uno pueda aprovecharse.

—¿Por qué? ¿Es que no le gustan los hombres? A veces pasa, claro. Pero no me parece el caso. ¿O va a decirme que es virgen?

—Tal vez usted no se hace cargo de las costumbres.... provincianas o gazmoñas de estas tierras, donde tanto influye la Iglesia católica, amén de los celos del señor Gobernador.

—¡Ah, vamos, vamos! Las mujeres se ingenian siempre para hacer lo que quieren por más iglesias o padres celosos que se les pongan por delante. Incluso le diría que los obstáculos y las prohibiciones las excitan... como a cualquier mortal, por otra parte. Pero en fin, ya que usted es reacio, yo lo intentaré. Me gusta la fruta en sazón, y creo que puedo hacerle pasar un buen rato a la dama, y distraerla de sus obligaciones palaciegas. Será un grato recuerdo.

—¿Y qué opinó lord Howden del forzoso parentesco que usted le había propuesto?

—Oh, lo tomó con humor muy delicado. Y con su punta de ironía también. Aparte de dolerse por el fracaso amoroso, no sé si le habrá gustado del todo la nueva relación. Él era capaz de vestirse como un gaucho, pero presumía mucho de sus nobles antecesores.

—¿Pues no eran nobles los suyos asimismo, doña Manuela?

—Ésas son historias demasiado viejas que no deben importar a los buenos republicanos. Pero ya que usted lo menciona, sí señor, y por ambas ramas. Mi padre era bisnieto del conde de Poblaciones, y la actual condesa en persona me escribió hace unos años, deseando comunicarse con nosotros.

Los rumores de la fiesta de Santos Lugares, que duró hasta la madrugada del día siguiente, alcanzaron ambas orillas del Plata. Los unitarios se alarman, y con razón. Temen que la diplomacia de las faldas y de los abanicos vaya desbaratando todas sus esperanzas. Se sabe que ni Howden ni Manuela permanecieron hasta el final de la celebración. Volvieron solos y juntos a la ciudad, a la hora crepuscular, harto propicia para las confidencias de los corazones.

Ese día regresé a casa enfurecido por el escándalo, no sin antes haberle remitido a Rosas la edición del Archivo Americano. Ya me esperaban los olores de la cena y con ellos Melanie, y sentada a su lado la india Justine, siempre vestida de rosa, cepillada, lustrada y perfumada prolijamente, que borda claveles y ya habla francés con asombrosa perfección, sin consentirme ahora que la interrogue acerca de los secretos del araucano. Melanie no se mostró propicia a compartir mis reparos.

—*No veo por qué te pones así. Está en sus deberes atender a los diplomáticos extranjeros.*

—*Esto no fue una recepción oficial, sino una desvergonzada orgía íntima.*

Melanie manda salir a Justine para ocuparla en la preparación de la mesa. Considera —seguramente— que no son ésas conversaciones para los oídos de una jovencita.

—*¡Pedro, qué calificativos! Si había una treintena de jóvenes damas y caballeros de la mejor sociedad. No sé qué orgías ni qué intimidad pueden existir en una cabalgata al aire libre, con doma de potros y desfiles militares.*

—*¿Pero no ves el interés de Rosas en atraerse a Howden por cualquier medio? ¿Crees que vacilaría en entregar a Manuela con tal de lograr sus objetivos? Por lo demás, ¿qué moral es la de un hombre que vive con su barragana y sus bastardos en la casa donde se aloja su propia hija y heredera legítima?*

—*Eso no quiere decir que le aplique a ella las mismas reglas. Rosas hará lo que le parezca, como lo han hecho siempre los hombres, que una es la moral para los varones y otra muy distinta para las mujeres, lamentablemente.*

—*¿Lamentablemente? ¡Bueno fuera que las señoras y las doncellas empezasen a copiar ahora también la corrupción del sexo masculino!*

Melanie me miró con triste perplejidad.

—*Veo que tantos años de servir a Rosas no han sido en vano. Saliste de Francia con las ideas de monsieur de Voltaire y te las han cambiado por las de la Santa Inquisición.*

Sacudió la cabeza.

—¡Pedro! ¿Qué te pasa? ¿O qué nos pasa? *No quiero morder la mano que nos da de comer, pero ese maldito periódico y las manías del Gobernador te están sacando de quicio. ¿Qué te importa lo que haga Manuela? ¿Y qué si tuviese un amante? Ya ha sacrificado con creces sus mejores años a la política.*

—¿Y compensará ese sacrificio prostituyéndose? ¿No sabes que ha vuelto sola con Howden a Buenos Aires? ¿Quién es ella para reírse de todos nosotros, para burlarse de mí, para romper con su desvergüenza todas las normas?

Melanie se acercó y me puso una mano sobre la frente. Me miró con una piedad dolorosa, sabiendo quizá todo lo que no quería decirme.

—Estás temblando. Toma por lo menos una taza de caldo y luego te vas a dormir. También yo estoy cansada del Gobernador.... Y de la Niña. Si pudiéramos...

Apreté contra los labios la mano de mi mujer. Iba recobrando el dominio de mí mismo.

—Sabes bien que me es imposible descansar ahora. Espero las observaciones de Rosas a la edición de mañana.

Le ofrecí el brazo y entramos en el salón comedor.

Dos horas más tarde me atareaban las tachaduras y enmiendas del Gobernador. A la una de la madrugada devolví las pruebas de imprenta con la nota consabida: "Quedo enterado. Las órdenes de Vuestra Excelencia están cumplidas. Todas las correcciones que V. E. se ha servido hacer en este artículo las hallará V. E. ejecutadas en las últimas pruebas que se adjuntan en la otra carpeta".

Un sueño persistente me torturó durante el resto de la noche. Veía a Howden y a Manuela sobre sus caballos de gallarda alzada, inclinando y juntando casi las cabezas en un arco armonioso. Pero yo no era el único expulsado de su secreto paraíso. Otro merodeante los seguía a moderada distancia. Alto, grave y moreno, con un fervor silencioso en los desmesurados ojos negros, iba tras ellos, mirando sin ser mirado, el más asiduo chevalier servant *criollo de la princesa*

Manuela, el joven Máximo, hijo del antiguo socio de Rosas, don Juan Nepomuceno Terrero.

—Lo importante, doña Manuela, es que Howden cedió al fin a las pretensiones argentinas. Usted siempre tuvo buena mano para manejar a los diplomáticos de la Inglaterra.

Manuela me echó una mirada fulminante.

—Dentro de los límites que imponía el protocolo a mi carácter de hija del gobernador y dueña de casa, traté de ofrecer la hospitalidad más exquisita.

—Naturalmente. Y con veneración y afecto recordaron a usted todos los ministros ingleses. Mi abuelo don Bernardo Victorica hablaba siempre de la enorme estima que le profesaba el señor de Mandeville.

—Fue el antecesor de Howden, al que recomendó muy bien. Era un caballero de finísimos modales, aunque algo pusilánime. Durante el año cuarenta molestaba a mi padre con sus temores sobre un posible ataque de las fuerzas populares contra la embajada inglesa. Imagínese usted, si en épocas de furia tan atroz, con Lavalle a punto de invadir Buenos Aires, ni siquiera Tatita y yo estábamos seguros. ¿No ha oído usted hablar del atentado del cuarenta y uno?

—¿El atentado?

—Sí señor, la máquina infernal con cañoncitos que parecían de juguete pero que estaban bien cargados de material explosivo. Si hasta corrieron unas coplas por ahí. ¿Nadie se las cantó a usted?: "De la Otra Banda han mandado/ los de la ira venenosa/ una caja de regalo/ a quitar la vida a Rosas". Gracias a Dios que la máquina se descompuso, que de no ser así hubiéramos muerto acribilladas tanto yo misma como mi amiga Telésfora Sánchez y mi pobre mucama Rosa Pintos. Un regalito que nos enviaban los unitarios de Montevideo, amparándose en la intermediación del edecán francés y el cónsul de Portugal, que protestaron ser inocentes de todo este embrollo. ¡Y tan luego criticaban a los mazorqueros! ¿Qué le parece a usted esto?

—Muy mal, claro está. Pues había olvidado el episodio.

—Tal como se olvidó, amigo mío, todo lo que podía colocarnos a nosotros también en el papel de amenazados y de víctimas.

—Pero volviendo a Mandeville, ¿es verdad que su padre le hizo pisar mazamorra, con el pretexto de ayudarla a usted con el postre que por supuesto estaba preparando la cocinera?

—Doctor Victorica, acabaré por creer que ha tenido un ama de leche unitaria, y que todos los días le leían un capítulo de *Amalia*, el novelón de Mármol. ¿Cómo da crédito a semejantes inventos?

—¿Pues no le gustaba hacer bromas más o menos pesadas al señor general? Y ésta no redundaba en daño de nadie. Si es una escena muy graciosa... Nada menos que el ministro plenipotenciario de Su Majestad la Reina Victoria, machacando mazamorra en un mortero gigante y enjugándose las gotitas de sudor con su pañuelo de batista. ¡A ver si eso no es hacer humillar la cerviz a los ingleses!

Manuelita me miró de hito en hito con una media sonrisa y continuó dando los últimos toques a su obra.

—Era un pañuelito como éste —apuntó imprevisiblemente—, pero con bordados blancos y encajes de Bruselas.

Como Howden, o más aún que Howden, ha chocheado por Manuela el anterior ministro John Henry de Mandeville. Con sus modos afectuosos que se insinúan sin descaro y su bien timbrada voz de sirena, la hija del Gobernador deslumbró inmediatamente a ese hombre mínimo y delicado, de bonitos ojos azules que se le encajaban en la piel de porcelana como en la cara de una muñeca. No era afeminado, sin embargo, y hasta tenía una concubina a la que no hubiese vacilado en poner de patitas en la calle a la menor señal de la princesa del Plata. Pero ella —justo es reconocerlo— casi nunca hace el mal en vano ni desperdicia crueldades. No necesitaba que Mandeville se desprendiera de su presunta sobrina, la pobre Fanny Mac Donald, para ejercer con más libertad su encantamiento. Por el contrario, es experta en el juego entre lo permitido y lo prohibi-

do, y lo practica sólo en cuanto favorece a los planes de su padre que son también los suyos.

Desde el primero al último: los viajeros curiosos y los acaudalados comerciantes, los oficiales franceses y los ministros ingleses, los sacerdotes y los científicos, han sido halagados con fiestas y diversiones, con bailes y cabalgatas cuyo mayor atractivo radica, acaso, en que no son de este tiempo y de este mundo. ¿No se despliega irradiante la cabellera de Manuelita, cuando deshace por las noches su trenza mágica, tan larga como la de Rapunzel? ¿No lleva ella, virtualmente, todas las llaves de su mansión al cinto, como las castellanas de antaño? ¿No canta y recita y cabalga como la más desenvuelta de las princesas antiguas, mucho antes de que se inventaran los corsés, los miriñaques y las pelucas? ¿Por qué no la adorarían, pues, los britanos y los celtas, que adoraron a la reina Ginebra? ¿O los galos que doblaron la rodilla ante Leonor de Aquitania? ¿No tiene ella, como la dueña de Camelot, sus trovadores y sus juglares? ¿No comparte con su padre los bufones? ¿No preside su nombre las justas viriles, no compiten y se miden los varones en su homenaje? ¿No es amada y adulada por su corte de los milagros: el hato de pordioseros y de mutilados que todas las semanas se reúne en Palermo de San Benito para recibir la gracia de su voz y el toque de su mano, y los dones elementales que reparte con caridad distributiva?

Muchas veces medito en el raro —y sin duda maligno— azar que enredó los caminos de mi vida para llevarme desde la luz de la Razón en los salones de la Francia, hacia este espejo distorsionado de un mundo que ya dejó de existir, en otro nuevo que se le acomoda. Aquí reina el señor de vidas y haciendas, barón feudal con espuelas de plata y daga española, padre-dragón de la princesa cautiva que todas las noches extravía al viandante con el miraje de su piel intocable y resplandeciente.

Todos creen que Manuela desea ser liberada por la mano del héroe capaz de arrebatarla cuando el dragón está dormido. Todos ignoran que el dragón nunca duerme, y lo peor: que ella en verdad no desea liberarse. Tiene un pacto con la fiera y las llamas que parecen apresarla son apenas el reflejo del muro que sostiene el castillo.

Doña Manuela dio la puntada final sobre el pañuelo. Guardó su labor en un compartimiento del costurero con movimientos precisos y rutinarios. Guardó el regalo de Howden.

Se levantó después. No era muy alta, pero sí tenía una especie de gracia imponente. Pensé que de joven, sin la imponencia, su paso habría envuelto todas las cosas con ese encanto de los movimientos, que no se mide en las telas quietas de los retratos ni en la arquitectura mesurada de las facciones.

—Usted me ha preguntado solamente por los ingleses. Es natural. Ellos han mandado siempre en todo. Pero he conocido ministros de otras cortes, y también algún príncipe verdadero.

—¿Al conde Walewski se refiere usted?

—No me hable de ese gentilhombre, más tieso que un espadín y con más exigencias, remilgos y atrevimientos que una gata mimada. ¿Cuál era su mérito, después de todo? ¿El haber sido hijo bastardo de Napoleón y de una aristócrata polaca? ¿El haber recibido una buena educación gracias a su buena cuna? No señor, no hablo yo de ese príncipe clandestino, sino de los auténticos señores de la tierra. Venga, sígame.

Avanzamos por los pasillos hasta un pequeño gabinete, donde Manuelita depositó el costurero, y donde había un escritorio y un *secrétaire* con múltiples cajones. La señora sacó una llavecita del escote y abrió uno de ellos. Extrajo de allí un estuche de terciopelo negro y expuso, a su vez, el contenido. Eran alhajas de plata maciza, aunque no labradas, ciertamente, al estilo europeo.

Manuela las extendió sobre la pana del escritorio. Había una especie de colgante pectoral hecho de placas rectangulares con flores y cruces en las puntas. Había una vincha de firme lana negra sembrada de cuentas luminosas, y unos pendientes en forma de campanitas.

—¿Qué le parece?

—Muy hermoso. Son joyas araucanas, ¿verdad? ¿De Chile, tal vez?

—¿Para qué se va tan lejos? También en la pampa argentina hay —o había— muy buenos plateros.
—¿Como el cacique Ramón Cabral?
—El mismo del que habló mi primo Lucio en su libro sobre los ranqueles. Probablemente a Cabral se las habría comprado o canjeado Mariano Rosas.
—¿Y de qué manera llegaron a sus manos?
—No son botín de guerra, se lo aseguro. El propio Mariano tuvo la deferencia de enviármelas. Y aquí las tengo, guardadas como lo que son: un tesoro. Ponérmelas no puedo, claro. Sería demasiado exótico para lo que los ingleses pueden tolerar. Pasarán a mis nueras como una curiosidad preciosa.
—Pero, ¿por qué se las mandó Mariano? ¿No estuvo su padre Painé mucho tiempo en guerra con el general Rosas?
—Las guerras y las alianzas son movedizas. Además, con Mariano nos conocíamos desde jovencitos.
—¿Cómo dice usted?
—Lo que oye. A ver. ¿Por qué cree que Mariano Rosas se llamó siempre así entre los cristianos?
—Bueno... ¿No fue su señor padre su padrino de bautismo? Porque Mariano era su prisionero, ¿verdad?
—Digamos que sí, pero sólo en un principio. Lo cautivaron de chico, mientras arreaba con otros indiecitos una caballada. Y estuvo preso, en efecto, en los Santos Lugares. Pero después fue nuestro huésped, podría decirse.
—¿Huésped?
—Así es. Ya bautizado pasó a la estancia del Pino, y allí trabajaba en las tareas campestres. Siempre le agradeció a Tatita lo aprendido.
—Sin embargo, entiendo que volvió a las tolderías no bien tuvo la oportunidad.
—Naturalmente. ¿Quién preferiría ser extranjero en otra tierra pudiendo ser rey entre los suyos, aunque en otra parte se le ofrecieran más comodidades?

La comodidad que hubiese tenido Mariano en las propiedades de Rosas me pareció muy relativa, célebre como lo era en sus tierras la dura disciplina.

—¿Pero cómo se encontraron ustedes, en suma?

—Ya en el Pino, donde solíamos pasar los veranos. Yo también aprendí algo de él, aunque ya era una señorita y Mariano casi un niño. Había un arte en el que superaba a cualquier cristiano: domar baguales.

—¿Pero es que usted ha domado potros?

—Hace mucho tiempo, con tanto menos peso corporal y con otra ropa —sonrió Manuela.

—Pero de todas maneras, una mujer...

—Si se procede a la manera india, no es necesaria la fuerza bruta para convertir un caballo salvaje en el mejor de los aliados. Tiempo y paciencia, nada más. Como se hace con los hombres.

—¿Ha domado usted hombres?

—Hijo mío, qué palabra más antipática. A Tatita le gustaba usarla. Pero en realidad yo nunca he domado. Ni caballos ni machos de la especie humana. Los he persuadido.

La comidilla de los últimos días es un muchacho indio que Rosas tiene cautivo en su estancia del Pino, y al que ha bautizado poniéndole su propio apellido. Lo he visto, cuando todavía estaba preso en los cuarteles de Santos Lugares. Es ágil, delgado, y tiene la piel oscura y el pelo renegrido y grueso a la manera de los araucanos, pero los ojos, en cambio, resaltan, intensamente azules. Dicen que es el propio hijo del Gobernador, concebido en las tolderías catorce o quince años atrás, en una de las mujeres más jóvenes de Painé.

No creo en esta especie, ya que a los dictadores, como al Dios de los creyentes, terminan por atribuírseles todos los hechos, tanto los malos como los buenos. Pero he lamentado que lo manden al campo. El indiecito habla ya con fluidez el castellano y hubiera sido un excelente informante para ampliar mis nociones de la lengua araucana o mapudungu. *Pocos o ninguno, por cierto, quisieran aprender esta lengua con fines de puro conocimiento. Hablarla es para los que la saben o se interesan por ella, como el mismo Rosas, un instrumento de guerra o de dominio, nunca de comprensión. Dentro de unos años o unas décadas —como ha sucedido siempre en el trato de los pueblos más débiles con los más fuertes— esta raza se extinguirá o se asimilará. Unos bárbaros avasallarán a los otros (y es bien poca la diferencia, hasta en las vestimentas), pero nadie sabrá quiénes han sido verdaderamente estos nómades, que de cuando en cuando cruzan la línea de la nada hacia los pueblos frágiles, roban y matan con inocencia, brillan bajo la noche con todas las luces que Dios ha retirado de las alturas.*

—¿Y cómo persuadían Mariano Rosas y usted a un caballo bagual?

—Pues se lo ata a un palenque hasta que pierde el miedo, no se le da de comer si no deja que se le acerquen, se lo palmea de a pie. No se lo monta hasta que se acostumbra al recado, y el freno se le coloca en último término. Se trabaja sin prisa, hasta que el animal siente que sus cargas humanas han nacido con él, que se han hecho prolongación de su propio cuerpo, que ya son naturaleza.

—Muy sabio. Y lo mismo se aplica para domesticar humanos, supongo.

Manuela sonrió.

—Es usted quien lo dice. Lo único que me importa es que hoy ya no tengo caballo ni modo de adquirirlo y de mantenerlo. ¡Pensar que en nuestras pampas hasta los mendigos andaban a lomo de un parejero decente! Ahora solamente camino, y lo hago cuanto puedo. De aquí hasta la iglesia católica donde nos encontramos el otro día tengo tres cuartos de hora marchando a buen paso. Como los ranqueles, antes de que los españoles trajeran cabalgadura. ¿No cree usted que todos nosotros somos nómades, doctor Victorica?

—¿Nosotros?

—Nosotros, los de la llanura. Mariano Rosas, o usted o yo, tanto da.

Manuela recogió las alhajas de plata, las repuso sobre el terciopelo negro, ocultó el estuche en el cajoncito y volvió a colocar la llave en el escote.

—Éramos buenos amigos. Estas joyas me las hizo llegar para un día de cumpleaños. Luego de su fuga, Tatita le había mandado un regalo magnífico, como su padrino que era: doscientas yeguas, cincuenta vacas, diez toros de un mismo pelo, dos tropillas de overos negros, un apero completo, provisiones, ropa fina, y hasta un uniforme de coronel y qué sé yo cuántas cosas más. Claro que todo eso no hizo volver a Mariano. Las *machis* le leyeron la suerte y determinaron que no había de entrar más a tierra de cristianos. A tal punto se lo tomó en serio que ni siquiera iba a los malones con los suyos. Y murió de enfermedad, en Tierra Adentro. Con esa muerte comenzó la ruina final de los ranqueles, que ya no levantaron cabeza hasta que llegó Roca para barrerlos.

Volvimos al salón de recibo. Manuela caminaba adelante, ya pesadamente. Supe otra vez que la llanura estaba inscripta como una respiración en el dorso de todos sus sueños. Que con un oído en rebeldía escucharía para siempre el rumor de los nómades.

Gladys acababa de entrar con el servicio del té, donde se incluía un *lemon pie*. Pensé en mi cochero consuetudinario, que ahora se limitaba a llevarme desde mis clases en la facultad hasta la casa de los Terrero. Gracias a mí disfrutaba de unas meriendas descomunales y seguía cortejando felizmente a la muchachita irlandesa. Esto me hacía acreedor de una cierta amistad, y me valía el derecho a ser transportado por la mitad de la tarifa. Habíamos sellado el arreglo con unas cervezas fraternales en un *pub* del camino. Yo sonreía para mis adentros en cada brindis: Mármol me hubiera considerado el digno nieto de Bernardo Victorica por semejantes concesiones a la plebe.

—*Thank you, Gladys. You may go now.*

Manuelita saboreó el pastel.

—Mi cocinera es excelente. Una señora de York que prepara los mejores platos ingleses, y hasta algunos criollos. Pero nadie —y yo tampoco, por cierto— sabe hacer pastelitos y empanadas como las negras de mi casa en Buenos Aires. ¿Tienen ustedes todavía morenos en el servicio doméstico? Cuando volví noté que habían mermado en forma alarmante. Creo que la peste fue un golpe fatal.

—Allí murieron muchos, en efecto. Y siguen mermando por lo menos en nuestra orilla. Pero quedan más en la Banda Oriental.

—¿Aún se hacen los candombes? ¡Cómo me divertía de jovencita en esas fiestas pintorescas! ¡Con qué alegría nos honraban y nos esperaban los pobres!

—Pues hoy prácticamente han desaparecido. Sólo se ven negros falsos en los festejos del Carnaval, cuando los jóvenes distinguidos se tiznan la cara con carbón y arman comparsas.

—¡Vaya! ¡Así que ahora los señoritos negrean! ¡Con lo que nos criticaron a mis padres y a mí que fraternizáramos con los morenos! Los unitarios los pintaban como si hubiesen sido sátiros o demonios, cuando todo el que haya contado con estos servidores sabe de su intachable fidelidad y su inocencia casi infantil. Eso sí: eran ante todo buenos federales y resultaba imposible corromper esta fe. Por supuesto que si advertían en sus patrones desviaciones peligrosas, no se iban a quedar callados. Mi tía Pepa era la primera depositaria de sus confidencias. Y tanto ella como mi madre y luego yo misma, los atendíamos puntualmente en todas sus necesidades.

Rosas ha cimentado buena parte de su poder en las clases populares. No sólo es a manera de un dios, modelo o paradigma para los gauchos que sirven en sus ejércitos por un pedazo de carne con cuero y una divisa. No sólo ha sido hábil en sus alianzas con buena parte de los caciques indígenas. También es el rey incondicional de los negros y los mulatos: empleados en las casas de familia, o combatientes valerosísimos en la línea de fuego.

Esta lealtad es caso bien curioso y digno de estudio. ¿Pues qué ha hecho Rosas, en definitiva, por esta humillada raza de siervos? ¿Qué les ha dado? Aunque el tráfico humano fue prohibido por la ley hacia 1812, Rosas mismo era dueño de esclavos y compró otros para sus estancias y las de los Anchorena, y permitió la venta de negros importados por los extranjeros. Sólo en el año treinta y nueve, cuando lo forzaron los británicos, firmó por fin un tratado contra el comercio esclavista.

Pero el agradecimiento de los negros hacia el Restaurador no puede deberse por cierto a esta módica y harto demorada libertad que no les trajo la holgura económica ni les evitó la necesaria servidumbre (puesto que ninguna otra cosa sabían o podían hacer). Es que bajo su gobierno los hijos del África han entrado, mano a mano con los blancos, en el cielo de la Santa Federación. Ese mundo al revés, como lo llaman escandalizados los insignes unitarios, ese reino de la contaminación y de la mezcla donde la dama se enlaza en el baile con el antiguo esclavo, y presta a la nodriza su pañuelito de batista perfumado con esencia de violetas. Rosas, criado entre negros y por negros, como un señorito de la Colonia, carece del asco racial que frunce las narices de los intelectuales ilustrados. Por ello les ha concedido, tal vez, esa única libertad verdadera: la redención de sus colores y de sus olores, de los labios gruesos que los estetas repudian, y los cabellos imposibles de trenzar. Los cuerpos oscuros se reivindican de todo desprecio cuando las faldas de bayeta o percalina se extienden junto a las sedas y los terciopelos de la hija del Restaurador. Las mejillas ancianas, arrugadas y oscuras como ciruelas secas, se mojan con lágrimas de felicidad cuando las rozan los labios de Manuelita, y los hombros se aligeran de sus viejas cargas si allí se posan las manos acariciantes.

—Tendría que haberlos visto usted, cómo se adornaban para los candombes, y qué piadosos eran. Primero iban a misa, que se celebraba con cantos y músicas, y las iglesias iluminadas a rabiar. Daban gusto los altaritos de sus santos patronos: San Benito, San Baltasar y Santa Bárbara, engalanados y llenos de flores y de cintas punzó. Después empezaban los bailes de las diferentes naciones: los Congos, los Angolas, los Banguelas. Todos nos mandaban delegación de homenaje, y a todos había que corresponder y que visitar. El baile lo abrían el rey y la reina de cada nación africana, y tras ellos iban el ministro y el bastonero, con plumas en la galera, taparrabos sobre la levita y una vistosa capa colorada.

—¿Y en qué fechas se hacían los candombes?

—Los grandes en la Navidad y el Año Nuevo, y en todos los feriados y fiestas de guardar. Y hasta la procesión cívica del 25 de mayo la terminó reemplazando mi padre por un desfile de africanos. ¡Figúrese usted qué orgullosos estarían!

—¿Es cierto que una hermana suya fue amadrinada por una esclava?

—Mi hermana mayor, la pobrecita María de la Encarnación, que murió a poco de nacer. Fue ahijada de Gregoria, que luego ayudó a criarme. Y nosotros mismos estábamos en Palermo bajo la protección de San Benito. Pero en fin, no me explico qué tenían los unitarios en los ojos cuando nos despellejaban a las damas federales por desvergonzadas, y a los honrados esclavos por obscenos y por groseros. El cuerpo ha sido hecho para que lo muevan, y cada pueblo lo mueve con sus músicas, a su modo y estilo. Mucha más gracia y salud tenían ellos en sus piruetas que los señorones de la escuela de Rivadavia, que desdeñaban hasta un "gato" o un "cielito".

La señora deja la taza de té sobre la mesa baja, y anima el abanico para aliviar sus mejillas enrojecidas. Una trama tornasolada de claveles y de jazmines que ribetea una puntilla negra le oculta la cara en ráfagas. Así, pienso, se habrá abanicado en las fiestas parroquiales, o en los giros del candombe, después de una vuelta soberana, inaugural, simbólica. Miro la escena tras la reja del raso y las varillas: una mujer joven, que no es extraordinariamente hermosa por ninguno de sus miembros ni de sus facciones, pero cuyos movimientos y resplandor de hombros y cabellera fragante dibujan en el aire la más provocativa proporción de la belleza.

Manuela sigue con una sonrisa el *crescendo* de los tambores, admira los cuerpos pulidos por el trabajo y el sudor y el reflejo de las candelas, busca los pies que no equivocan su trayectoria. Cierra los ojos y se deja guiar en la tiniebla por el vaho fosforescente del agua florida y las llamitas ácidas del agua de los cuerpos. Cierra los ojos y son sus caderas blancas —tan fuertes como las negras— las que golpean las enaguas henchidas por el aire del vuelo de los pies, y el vapor de la piel. Cierro los ojos y escucho gritos y cantos nocturnos y un golpe de cristalerías insolentes. Quebraduras de botellas contra las puertas de mansiones que guardan en los armarios más secretos ajuares celestes, y niñas pálidas amordazadas por el horror.

Abro los ojos y estoy del lado de acá, en la calma absoluta de la tarde inglesa. Apenas me roza un aroma discretísimo de lavanda y una música tenue. No Bach, esta vez, sino "Para Elisa". La señora se ha sentado al piano sobre cuya tapa hay un búcaro pequeño, con un lirio.

—Toca usted muy bien, doña Manuelita.

—Como puedo, hijo mío. Me entretengo con estas piezas. Hay que ver. A la vejez, viruelas. Nunca fui melancólica y ahora se me ha dado por la melancolía. Cosa propia de quienes lo hemos ido perdiendo todo.

Así perdimos, también, imperceptible, el resto de nuestro día. Máximo llegó un rato más tarde con invitados argentinos, y el piano volvió a animarse después de la cena con los ecos de un "triste".

Avanzada la noche, ya envuelto en edredones, y bajo la mirada insistente de Nuestra Señora de las Mercedes, abrí de nuevo el cuaderno del sabio de Nápoles.

Soy el fiel esclavo del Archivo Americano. *Es una obra gruesa y minuciosa, llena de útiles informaciones e instructivos artículos, editada en tres lenguas. Suficiente por sus méritos para hacer famoso el nombre de Pedro de Angelis por lo que nunca quiso ser: un periodista. Suficiente también para destruirme una vez que caiga el señor a quien sirvo con el* óbolo de una continua fidelidad política. ¿Pero es que se puede, de otro modo, hacer periodismo en estas tierras? ¿Y se puede vivir sin periodismo, desempeñando el honrado y acaso absurdo trabajo de un erudito? Por milésima vez me digo que no, ya que he intentado lograrlo sin éxito alguno, y maldigo al rey Fernando, y a Bernardino Rivadavia, y al miserable Wallenstein, y a la propia Manuela que puso ante mis ojos la tentación salvadora.

Busco a Rosas. Rosas me busca. Deambulo a la hora infernal de una siesta de verano en los bosquecitos de Palermo porque el señor —según me dicen aposentado en el barco que sirve a veces como salón de baile— me ha interrumpido el almuerzo con una orden escueta que indica su malhumor. Pregunto la senda correcta a una criada. Es una mocita de pelambre roja, con los traslúcidos ojos de lobo y la piel nívea que suelen tener los nativos de las montañas, en el norte español. Me mira irreverente, y como una gran concesión me indica el camino, con la risa fácil escapándosele de la mirada. Sólo me falta ser objeto de burla para las galleguitas quinceañeras. La veo alejarse en dirección opuesta, con un gracioso balanceo de caderas menudas. Lleva sobre la cabeza una batea de ropa blanquísima y comienza a entonar:

> Unha moça namorada
> dizía un cantar d'amor
> dizía un cantar d'amor...
> e disse e-la
> ¡que oíse o meu amigo
> como eu este cantar
> digo!

Me seco la frente con el pañuelo empapado en agua de azahares. El camino sube por montecitos artificiales dispuestos con esmero y se pierde entre frutales cargados pesadamente. Me marea el olor de los duraznos ya maduros y de las ciruelas vinosas, plenas, rezumantes, con gotas de dulzura que se escapan de la cáscara tensa y entreabierta.

Me canso. Envejezco.

El chaleco rojo me aprieta sobre el estómago, forzosamente dilatado por la vida sedentaria y la repostería criolla. Rosas se conserva mejor que yo, aunque haya dejado el lomo de los baguales por las horas interminables al frente de un ejército en el escritorio.

Salgo del huerto y entro, siguiendo la línea indicada, en un grupo de árboles umbrosos. Me siento, jadeante, sobre un tronco talado. Un airecito suave, casi fresco, me recompensa de la caminata. Aflojo la corbata y el cuello rígido de la camisa. Me alarma un crujido, como de animales agazapados.

Entonces los veo, por una fisura entre las densas ramas.

Ella está sentada sobre las raíces de un sauce inmenso. Viste, como es su costumbre, de amazona, pero se ha liberado de las botas y de la chaquetilla. Los pies pulidos se abandonan al balanceo de la hierba, los pechos tensan la blusa de seda roja, que se abre hasta el comienzo del seno. Tiene la cabeza echada hacia atrás y los ojos se le cierran y el sol que se filtra por entre los ramajes colorea y releva las venas del cutis transparente. Una punzada furiosa me contrae el corazón cuando veo las manos del hombre joven, alto y moreno, hundirse en la cabellera desplegada, acariciar la cara y el cuello y los hombros que se abren bajo la seda, rozar la comba deslumbrante de los pechos rojos. Únicamente se oye la fuerte respiración de los que se aman y el rencor de la sangre que me golpea el pecho. Veo, sin poder moverme, cómo la mano levanta racimos relucientes de la gran cabellera y los frota contra la mejilla aceitunada del amante que huele su perfume a jazmines del país y a rosas antiguas y deja caer desde lo alto las hebras luminosas.

Pronto la blusa roja cubre la hierba, y las zonas más blancas de la piel alternan con otra seda de ráfagas oscuras que se acoplan al ritmo de los cuerpos. No quiero mirar la escoria dejada por el amor, las ropas que se acumulan, los disfraces inútiles, pero los ojos se me fijan a la fascinación de lo que brilla, abrazan lo que murmura, se adhieren como los hilos de una baba de luna al tacto de los otros. Gozo sin esperanza entre piernas que suben como raíces, encadenado a superficies radiantes, vencido por olores que fosforecen.

He visto el placer absoluto, que excluye todo lo que no es él mismo.

Me excluye a mí, espía indeseable, galeote de la imprenta y de opiniones pagadas a peso de oro, que encanece entre monedas y manuscritos. Excluye al Restaurador de las Leyes, que puede tener a todas las mujeres, pero nunca a Manuela; jamás de esa manera —para eso no podrá fundar una Ley nueva—. Excluye a los unitarios que acechan en Montevideo, y a los secretos federales disidentes y a los embajadores ingleses, y a los hijos de la Francia que no saben galoparse una noche y no tienen la barba suave ni los ojos de árabe ni las manos mudas y clarividentes de Máximo Terrero que hallan sin preguntas, con ciega sabiduría, los lugares del gozo.

Una amargura que no quiero explicarme me encarcela, cada vez más, el pecho ávido. Me levanto y me voy hacia el encuentro del Gobernador, pesado como si cargara plomo. No me molesto en cuidarme de no hacer ruido. Los fantasmas no dejan huella de su paso por la tierra donde se alegran los vivos. De todos modos, no me verán ni me oirán. Nada perturba el pacto de los cuerpos que se amparan uno en el otro, cumplidos y cerrados en el regazo del mundo.

CAPÍTULO 8

Las alfombras volaban por el aire de los balcones, baqueteadas furiosamente, la platería brillaba en la oscuridad con ecos lunares, los bronces echaban chispas de oro bajo los primeros soles, los pisos encerados competían en liso resplandor con las bandejas de alpaca antigua. Toda la casa era fregada y pulida, sahumada y almidonada, con la pasión y la disciplina de un pequeño pero eficaz ejército comandado por la misma dueña. Pero el cuartel general estaba en la cocina. Se preparaba para el próximo sábado 24 de mayo, cumpleaños de Manuela, y víspera del de nuestra patria lejana, un banquete memorable, con platos criollos. Habría locro y carbonadas, empanadas de carne con papas y pasas, pastelillos de hojaldre y dulce de leche y alfajores milhojas, ponches diversos, cordiales y mazamorras, ambrosías y borrachitos, y qué sé yo cuántas cosas. No sólo era imposible comerlas todas, sino hasta recordarlas también. Claro que nada sería esa celebración —familiar al fin y al cabo— al lado de las dimensiones patrióticas, coloridas, multitudinarias, estentóreas, que había tomado la fiesta de la Niña en la época radiante de su apogeo.

Entretanto, se avecinaban mis exámenes definitivos, y progresaban las comunicaciones con Viena. El doctor Freud ya esperaba con interés a su ignoto colega latino, y hasta había tenido la deferencia de contestar a mis cartas en castellano.

Aquel viernes nos acostamos tarde, y a poco de haberme hundido en un sueño inestable, escuché ruidos no muy lejos de mi habitación. Abrí apenas la puerta —munido por lo menos de mi buen paraguas, ya que no tenía pistolas— y me escurrí por el pasillo hasta la fuente de los rumores, que era el escritorio. El fiasco resultó completo.

—¿Pero qué hace usted ahí parado, hijo, con paraguas y en camisa de dormir? ¡Buen Jesús! ¿Si será sonámbulo?

Quien así me hablaba era, por cierto, doña Manuela, también en camisa de dormir —pero precavidamente envuelta en una bata— que se me había acercado cuanto era posible y, quizá por temor a dañarme en mi presunto estado de sonambulismo, no se atrevía a ponerme la mano encima.

—Descuide, doña Manuelita —la tranquilicé—. Nada me pasa, sólo que escuché movimientos anormales y vine a ver si eran intrusos o ladrones.

—¿Y pensaba correrlos con un paraguas? —sacudió la cabeza—. ¡Estos muchachos! Bien se ve que no nacieron cuando los hombres —y hasta las mujeres— tenían que acostarse con una pistola y un cuchillo bajo la almohada. En tiempos como ésos le tocó gobernar a mi padre...

—¿Pero qué hace usted aquí, señora?

—Soy vieja, y ya no duermo mucho. Y hoy —un poco más vieja todavía— tengo motivos para dormir menos. Desempolvo recuerdos, querido mío, y hablo con los muertos.

Vi, en efecto, una serie de papeles, cartas, daguerrotipos y litografías, esparcidos sobre el escritorio.

—Siéntese conmigo, si quiere, pero póngase al menos este poncho, que en estas tierras hasta la primavera es engañosa, y a esta hora hace bastante fresco.

Fértil en recursos, doña Manuela abrió un roperito y me alargó un poncho salteño.

—Éste era de Máximo. Dios sabe los siglos que no se lo echa encima. ¡Con lo bien que le sentaba! Usted no es tan alto como él, pero me imagino que con esa traza no estará para fijarse en tales minucias, si es que le arrastra un poco.

Por fortuna, mi mujer no podía verme en ese instante, arropado en un poncho rojo y negro cuyos flecos rozaban el suelo como la cola de un vestido, sobre la ropa de cama. Con un gorro frigio en la cabeza hubiera pasado muy bien por la estatua de la Libertad y, mejor todavía, por un mazorquero de los años cuarenta.

Me senté en la silla que me ofrecía Manuela. De todos modos, ya no tenía sueño.

—Así es, hijo. Mañana será un día venturoso. Lo compartiré con mi familia, con algunos viejos amigos, y con otros nuevos que la vida me sigue regalando, como usted. ¡Pero cuántos hay que quise y que no están! Si hubiese que dejar sillas vacías para ellos, superarían holgadamente en número a los que han de estar presentes... Y no se crea, no —añadió, adivinándome el pensamiento—, que extraño los pomposos agasajos, cuando yo era un personaje público, y ante mí doblaban la rodilla tantos otros que después nos volvieron la cara, como el miserable de Vélez Sarsfield, por ejemplo, o el sabihondo de Rufino de Elizalde, o el tonto de Santiaguito Calzadilla, que está hecho ahora un viejo verde, según me han dicho, y escribe chocheras sobre la ropa de las señoritas. No, muchacho, otras voces, y otros afectos, son los que quisiera tener aquí conmigo.

Revolvió en un cofrecito de sándalo, donde se acumulaban, sobre el fondo de terciopelo, mensajes quebradizos y escrituras desvaídas. Leyó en voz alta.

"A mi queridísima Manuelita, la mejor y más noble de todas las amigas, de quien le desea, en este día feliz, mil años más de merecida ventura."

Sonrió.

—La exagerada de Dolorcitas Fuentes. Pero yo también exageraba a esa edad, tanto o más que ella. Ya nunca volvió a ser lo mismo después de lo de los Maza. Vea ésta: "A mi única y adorada hermana, Manuelita, que la Santa Virgen derrame hoy sobre ella todas sus gracias, para que gocemos siempre de su belleza y bondad todos los suyos". Ésta es del pobre Juan —ese año me había regalado una medalla preciosísima de la Virgen del Luján, que guardo aún—. Dios y Mercedes le hayan perdonado sus picardías, y hayan tenido en cuenta su corazón de oro. Y vea esto.

Levantó las cartas, y descubrió un doble fondo del cofre. Extrajo un librito escrito a mano con una letra pareja y vigorosa.

—Éste es un libro de poesías, unas copiadas y otras compuestas por el mismo Tatita para mí. Me lo dio en uno de mis cumpleaños. Me había hecho otro, que se perdió, por desgracia. Escuche lo que dice: "A mi hija Manuela, por sobre todos bienamada, agradeciéndole el infinito solaz de su compañía y su lealtad amorosa y constante".

—¿Y esto otro? —pregunté, señalando un pliego donde se inscribía, al lado del mensaje, la miniatura de una especie de hada o reina bondadosa. La mostré a la señora y leí en voz alta: "A Manuela, Princesa de la Santa Federación y de nuestros corazones, con el inmenso cariño de su fiel edecanita".

—¡Por Dios! Si es de la pobre Juana Sosa, una de mis damas más asiduas. Es verdad que la llamaban mi edecanita, y se destacaba por su buen humor y sus ocurrencias. Aún hoy me cuesta creer que haya terminado sus días en el Hospicio de Alienadas. Quién sabe los malos tratos que debió sufrir por parte de los que luego reinaron en Buenos Aires.

Suspiró, y volvió a colocar el libro y el pliego con el dibujo en el doble fondo. Luego se quedó revisando y releyendo esquelas, hasta que una de ellas la sobresaltó.

—Qué pena, qué pena me da ver esto. Quién hubiera podido predecir su destino cuando me escribía estas líneas...

Leí por sobre su hombro: "A mi querida Manuela, estas partituras que sólo ella sabrá interpretar con su gracia acostumbrada, de su buena amiga que la ama y admira. Camila".

—¿Camila O'Gorman? —pregunté.
—¿Quién otra, hijo mío?
—¿Es verdad, entonces, que era amiga suya?
—Claro que sí, aunque no del círculo más íntimo, de las que estaban siempre en Palermo. Pero los O'Gorman eran federales de ley, y ella una niña bonita e instruida. A las dos nos gustaba mucho la música y más de una vez hemos tocado a cuatro manos no pocas piezas. ¡Si al menos se hubiera confiado a mí! ¡Si hubiera podido protegerla y aconsejarla! Yo le llevaba unos ocho años, que en la vida de una mujer joven son demasiados, o al menos los suficientes para adquirir una amarga experiencia de muchas cosas.
—¿No imaginaba usted que iba a fugarse con el cura Gutiérrez?
—De haberlo sabido, habría mandado llamar a sus padres para pedirles que la encerraran entre cuatro paredes hasta que se le pasase el capricho, y con la más extrema reserva habría solicitado al obispo de Buenos Aires que Gutiérrez fuese trasladado a Jujuy, por lo menos.
—¿Tan luego usted, doña Manuelita, hubiese adoptado semejantes medidas con los enamorados? Parecen de los tiempos en que las mujeres vivían confinadas en el gineceo.
—¿Pero no ve, hijo mío, que todo hubiera sido para prevenir un mal peor? ¿No entiende que Camila había hecho precisamente lo único que no se podía hacer? ¿Cree que hubiera terminado como terminó si ella y Gutiérrez se hubiesen limitado a ser amantes ocultamente? ¡Cómo si fuese el primer clérigo en tener por enamorada a una señorita de la sociedad! Todo el mundo sabe —y más los criollos— que los curas son hombres debajo de su sotana, y que los ardores de la edad vuelven a las niñas más tozudas que mulas. A nadie le asombraban cosas semejantes. En nuestro Buenos Aires no pecábamos de gazmoños o de puritanos, señor Victorica. Sólo de hipócritas.
—¿Pero fue necesario, para conformar a la hipócrita moral pública, que su padre tomara luego una medida tan extrema?

—No, no lo era. Fue un error de Tatita. No ya sólo un error moral, que no atañía más que a su persona, sino un error político, que socavó su gobierno y precipitó el comienzo del fin. Muchas veces me culpo de lo ocurrido.

—¿Usted? ¿Por qué?

—Porque tanto Antonino Reyes como yo sospechábamos que Tatita podía llegar a lo peor desde hacía meses, cuando comenzaron a buscarlos fuera de Buenos Aires, hasta que se los encontró en Goya. No estuvimos lo suficientemente alertas.

Dobló la esquela y la depositó con cuidado en el cofrecito.

—Quizá yo estaba demasiado ocupada en otros asuntos por aquel entonces.

Que el imbécil de Howden se haya ido por fin, no es gran consuelo para mis angustias. Manuelita se ha negado, por lo que parece, a otorgarle su blanca mano, pero la complacencia política que el inglés ha mostrado hacia los intereses de Rosas me hacen temer razonablemente que haya existido, para conseguirla y cultivarla, otra donación previa y exquisita.

¡Razonablemente!... ¿Es que soy acaso capaz de razonar, fuera de las exigencias rutinarias de mi trabajo, donde reparto, por establecidas y mecánicas cuadrículas, elogios y diatribas? Por otro lado, ¿de qué vale que haya marchado Howden, si queda Terrero? ¿No es Terrero el mayor peligro? Los ingleses y franceses están de paso. Se irán alguna vez. Terrero queda. Es de esta tierrra. Ellos se entienden por experiencias compartidas desde su nacimiento en la llanura, por impalpables complicidades, por códigos intransferibles. Ambos saben qué significan los olores del viento, o las mínimas alteraciones en la marcha de los caballos, o el sabor de la hierba que denuncia los itinerarios del agua. Ambos leen en los signos del cielo y pueden entrar y salir en el laberinto de las nubes a la deriva.

—Sí. Me preocupaba demasiado mi propia vida, como para prestar mucha atención a los amores de las demás. En fin, desde que pusieron un pie fuera de la capital, era ya demasiado tarde. Y los unitarios, desde Montevideo, dieron el golpe de gracia, y encendieron la mecha que iba a disparar al fin la pena máxima.

Las más graves preocupaciones de la guerra y los problemas del comercio han pasado a segundo plano en estos días, desplazados por un asunto íntimo y sentimental cuya repercusión sólo se explica en estas sociedades ferozmente católicas. Pero la religión es lo que menos se juega en todo esto. A nadie le importa si Uladislao Gutiérrez ha violado o no su íntimo compromiso con Dios para fugarse con Camila O'Gorman, o si ella está en paz con su conciencia. La único que cuenta, tanto para Rosas como para el clero, es la violación del principio de autoridad. Dios no ha mostrado darse por ofendido con los retozos de dos amantes —que podrían haber seguido siéndolo en la sombra de la sacristía sin que nadie los molestara—. Pero el jefe de la Familia y el jefe de la Iglesia y el jefe del Gobierno no perdonarán la melladura en el ariete de su poder que ahora se volcará de lleno sobre los culpables huidos, para arrasarlos y aplastarlos, y sembrar la sal sobre la huella de su simiente.

—¿Los unitarios?

—Había que ver las invectivas que se publicaron en el *Comercio del Plata*. No encontraban en la tierra castigo suficiente para dar satisfacción a semejante sacrilegio. ¡Como si ellos hubieran sido muy católicos que digamos! Azuzaron a Tatita, creo yo, para que aplicara el rigor más terrible, y cuando al fin lo hizo, lo presentaron como un monstruo sanguinario.

—¿Y usted qué piensa de su padre?

—No era peor que los otros, señor Victorica. No era peor que todos. Nadie pidió clemencia por Camila y Gutiérrez, pero él solo cargó con la responsabilidad del castigo.

—¿Y usted? ¿Pidió clemencia?

—No llegué a tiempo.

Rosas ha sido coherente. Ha mandado a eclesiásticos y jurisconsultos rebuscar en las leyes más primitivas que rigieron la España oscura, desde el Fuero Juzgo *al* Código Gregoriano. *Todas ellas, como era de prever, recomiendan la ejecución de los culpables. Pero no le han hecho falta para consumar una decisión que ya estaba tomada. Rosas, como Dios, no necesita justificarse. El fusilamiento ha sido súbito y en verdad imprevisible. Se pensaba que por lo menos a Camila —¿la seducida?—*

se le daría la oportunidad de la penitencia en una Casa de Ejercicios Espirituales.

Dicen que el chasqui enviado por Antonino Reyes con el aviso para Manuelita fue desviado de su camino y entregado a Rosas, quien maldijo a su secretario y aceleró el proceso de la ejecución.

He pedido una entrevista con la Niña, pero no me ha sido otorgada. Apenas si recibe a los íntimos de su familia, y hace casi dos días que no sale de su cuarto.

—Cuando me enteré de la fuga, me pareció un acto insensato y temerario, aunque también admirable.

¿Dónde estaba para la sensata Manuela lo admirable? Ella sabía —debió saberlo— que la libertad de Camila sería apenas una respiración inmensa y transitoria. *Se puede escapar, quizá, de la justicia divina, pero no de la justicia de Rosas.*

—Creo que con todo, hijo mío, la envidiaba.

—¿La envidiaba? ¿Usted?

No entiendo (o entiendo demasiado bien) la consternación de Manuela. ¿Es que ella quisiera hacer lo mismo, pero está atada, en principio, por todas las cadenas del terror y del amor? ¿O quizá también por las de la vanidad y el ansia de predominio? ¿Abdicaría gustosa la princesa?

—No pocas veces hubiera querido tomar, como ella, una decisión extrema. Pero las decisiones extremas —sonrió—, como ya lo sabía por aquel entonces, sólo llevan a los extremos errores. Y además... Tatita estaba infinitamente solo.

—¿Solo? ¿Y Eugenia?

—Eugenia podía acompañar una parte de su vida nada más. Mi padre era solitario ante su propio poder. Vivía consigo mismo en una habitación clausurada, donde él también se había puesto preso. Únicamente yo tenía acceso a ese lugar secreto y sofocante. Sólo conmigo repartía su carga.

—¿Y sus amigos?

—Sus aliados, querrá usted decir, señor Victorica, lo apoyarían mientras él les sirviese y les conviniese. Así fue y así se vio, cómo lo olvidaron hasta los Anchorena y los mismos Ezcurra, en parte. A los amigos podía contarlos con menos de los dedos de una mano: José María Roxas y Patrón, mi suegro Terrero, Pepita Gómez. Pero yo era más que todos ellos. Era su sangre, y quizá era el lado mejor de sí mismo cuando quería mirarse en el espejo.

—No me parece muy justo para usted.

—Mi padre me quitó unas cosas y me dio otras: la cima de la estimación social, el respeto y la consideración universales, aun de los que nos odiaban. Ni a mi madre le concedió la suerte, o acaso le permitió su temperamento, una oportunidad semejante.

He llegado a la conclusión de que Manuela y Rosas se han convertido en unidad perfecta y por ahora indisoluble. No existiría Rosas ni el poder de Rosas tal como es sin Manuela, y ella lo sabe. Manuela puede. *No solamente puede sobre los siervos y los agradecidos por las dádivas que entrega su mano, y por la sonrisa y el roce de esa mano cuando se abre en el gesto de donación. No sólo puede sobre la policía y las fuerzas de choque y los eclesiásticos y los leguleyos que rodean al Gobernador. No sólo es la Circe que endulza las decisiones de los diplomáticos extranjeros y tuerce delicadamente la dirección y la interpretación de sus intereses.*

Manuela puede sobre Rosas. Puede porque un dictador necesita ser mujer por lo menos en la mitad de sí mismo, para que lo amen como a una madre. Por eso el Dios de los católicos, que no es tonto, negocia con las miserias de la tierra desde el abrazo misericordioso de María Virgen (la madre exenta de vejez y decadencia, y de toda promiscuidad). Y si hasta ahora Manuela se ha limitado a poder con él, y lo ha servido y se ha servido a sí misma, algún día podrá también contra él y acaso ha de vencerlo.

—En fin, doctor Victorica, así es el mundo. Cuando Camila murió, no tendría más de veinte y dos años, y murió sólo por ponerse en evidencia. Bien se sabía que doña Josefa Gómez, amiga dilecta de mi padre, y luego mía, estaba amancebada con el deán don Felipe Elortondo y Palacios, el mismo que tantas cruces se hizo, horrorizado, cuando escaparon Camila y Gutiérrez, y que le envió a Tatita una carta de exculpación donde el papel pesaba menos que el miedo, por no haber dado antes la alarma. ¿Y cree usted que alguien —y menos mi padre— molestó a Josefa por esa causa? Duró rica y honrada hasta que la vejez quiso llevársela. Esas cosas se sabían pero no se decían, salvo que los mismos interesados las proclamasen a voz en grito. Y entonces sí, no quedaba otro remedio que castigarlas.

—¿Y su propia vida, doña Manuela? ¿No ha dicho usted que hasta cierto punto hubiera querido proceder como Camila?

—Hasta cierto punto. Un poco. Para ese entonces yo estaba ya enamorada de Máximo. Pero él sabía esperar. Y comprender. Era el hombre indicado para mí. El que alguna vez me aconsejó, sin saberlo, don Pedro de Angelis. Aunque se equivocó en ciertos detalles.

—¿Don Pedro de Angelis? ¿Pero era confidente suyo? ¿Y entendía de problemas sentimentales?

—No vivía bajo una campana de cristal, si es eso lo que quiere usted decir. Ni tampoco tenía sólo tinta en la sangre. Precisamente cuando tuvimos que huir del Plata...

Manuela vaciló, para cambiar de tema bruscamente.

—Creo que lo de Camila fue tan fatal para Tatita como el fusilamiento de Dorrego para los unitarios. Aunque no nos dimos cuenta de inmediato. Después vinieron, si se quiere, años casi felices.

El entorno extranjero de Manuela es como la hidra de Hércules. Se cortan unas cabezas y aparecen otras, mucho peores. ¿De qué sirve la partida de Howden si ahora un francés, el almirante Leprédour, y un inglés, el caballero Southern —otro petimetre dispuesto como el ministro anterior a disfrazarse de gaucho y a vestirse de colorado— compiten por lanzarse a los pies de la Princesa Federal? Los halagos desbordan, y su diplomacia triunfa. No importa que Disraeli o Thiers despotriquen, en sus reductos parlamentarios, contra el despotismo del Restaurador y la barbarie arrogante de estas crueles provincias. Southern y Leprédour elogian abierta o veladamente a Rosas.

¿Pero es que ven crueldad o barbarie estos embajadores? ¿Cómo han de verla, si se los lleva por los canales, en góndolas y falúas, y al son de los violines? ¿Si ante los ojos sólo tienen vegetaciones exóticas y caballos salidos de un sueño que horadan la línea de los cielos con belfos, con relinchos y con crines? ¿Si para el almuerzo en la isla se tapiza el suelo de ricas alfombras, y se trasladan sillones y otomanas para su comodidad y reposo? ¿Cómo han de oír los gritos enmohecidos de los degollados si los tapan las guitarras españolas pulsadas por manos maestras, y la voz de la Sirena? ¿Y qué diferencia hay en esto con la vieja Europa, después de todo? Ninguna, salvo que en el mundo de donde salí son aún más los cadáveres desollados y dispersos en los combates, mutilados en las ejecuciones, amontonados en las fosas comunes. Y sobre toda su historia de inmolación y furia se deslizan los pies livianos de los poderosos de la tierra, y las damas valsan en los salones irreales mientras ellos marchan por el camino invertido. Marchan como un desfile de tropas cuyo general es una cabeza cortada, cuyo general es unos ojos que la muerte o el sueño corrompen con insidias.

—Los hados, como hubiera dicho don Pedro, nos fueron harto favorables en esa época, del cuarenta y ocho al cincuenta y uno. La Francia y la Inglaterra se rindieron por fin, ante nuestro tesón y nuestro orgullo. San Martín legó su sable a mi padre, en reconocimiento por su defensa de la dignidad e integridad de la patria. El pueblo lo idolatraba y en todas las naciones de la América hispana se lo llamaba "ilustre". Quedaban los unitarios, intrigando, eso sí, pero ¿cuál era su poder contra la voluntad de las masas, y contra nuestra alegría? Tatita había logrado moldear la república a imagen y semejanza de su ideal y de su creadora voluntad.

—¿Y usted, doña Manuela?

La dama me miró por sobre los lentes, que se había colocado para leer con mayor eficacia las esquelas. Habló muy despacio.

—Nunca sabré del todo, hijo, si aquellos tres años fueron reales o ficticios. Llegué a pensar, mientras crecían y se doraban como los frutos de toda una lucha, de toda una vida, que eso que llaman plenitud, era posible. Las tensiones habían cedido, los rigores de la persecución política y las luchas internas amenguaron. Íbamos de festejo en festejo, pero no a puertas cerradas, sino con la gente del pueblo llano, que nos quería y nos quiso, mucho después de que todos los nombres de fortuna nos hubiesen vuelto la espalda. Lo tenía todo: el amor y la consideración y la influencia. Tenía a mi padre, dependiente de mí en la paz y los encantos de la sociedad pacificada, más de lo que lo había sido en la guerra. Tenía a Máximo.

Imbécil Pigmalión, insensato artífice de tempestades, yo he abierto para ella la caja de Pandora, y estoy encadenado a mi modelo, a la reina sagaz y desenvuelta que yo mismo contribuí a forjar cuando aún era una jovencita maleable. Ya no la opaca, como lo pudo haber hecho en otra época, ni siquiera la belleza rotunda y muy mundana de su joven tía Agustina. Ya nadie se detiene a compararlas. Manuela es menos y es más que una mujer hermosa. Sabe lo que siempre supieron las mujeres, y también lo que siempre se les ha impedido saber. Está habituada a las intrigas del gobierno y a las fatales durezas de la guerra, y de la justicia que disfraza la venganza. Con perfecto equilibrio reparte su vida entre fusiles y terciopelos, entre abanicos y caballos de combate. Desobedece, diestramente, dentro del orden. ¿Por qué habría de poseer ella esos instintos suaves, esa timidez y ese candor angelical, o bien, esa susceptibilidad a impresiones frívolas y ligeras, que distraen, halagan y enajenan la imaginación de las mujeres? Condiciones que el señor Mármol considera obligatorias en las damas, pero que a la verdad, sólo la fantasía de los varones les adjudica. Mármol, iluso, la compadece. Cree que no existe en Buenos Aires un solo hombre hacia el cual ella pueda levantar los ojos (¿cómo podría existir, caramba, habiendo quedado él en Montevideo?). Cree que Manuela, esa creatura del Plata, cuyos ojos húmedos y claros, cuya tez pálida y boca voluptuosa, revelan con candidez que es una hechura perfecta de su clima, no ha podido sentir una pasión de amor; o la ha sentido, escondiéndola en los misterios de su alma...

¡Pobre poeta unitario! Tu Manuela reina gozosa y laboriosa, sin que te cruces un día por su pensamiento. La hija del Restaurador no tiene tiempo para esas etéreas ensoñaciones en las que debiera sumirse —según tu dictamen— el alma femenina. Su misma toilette, *estudiada y rigurosa, es parte de su ministerio, que continúa en el despacho donde recibe a los menesterosos y a los desdichados, y a los peregrinos de Santa Manuelita que anhelan tocar, por lo menos, el ruedo de su vestido. Y sigue en la tertulia y en las cenas con los que nada necesitan, salvo el poder y la gloria de este mundo pequeño. Aquí termina su trabajo y empieza el tiempo del amor, que tampoco es vaporoso, sino arriesgado, intenso y exigente, como corresponde a una hija de la llanura. ¿No sabes, amigo Mármol, que tu amada imposible vive bajo el mismo techo que el primer aspirante a la exclusividad de su corazón? El señor don Máximo Terrero ocupa uno de los cuartos de la mansión de Palermo y por las noches, cuando el carruaje oficial trae a su dama de los bailes o del teatro, cabalga a su lado —fuerte y hermoso, vestido con la armadura de su devoción y de su lealtad y de su paciencia—. Y le declara su amor una y mil veces bajo la luz de la luna, pero no lánguidamente sino a toda carrera. Las palabras que todos los amantes han repetido se mezclan con el golpe de los cascos y la chispa de las herraduras. No son susurros ni parpadeos ni suspiros de éxtasis. Son explosiones alegres, rosas de pólvora, fuegos de consumación que iluminan la senda por donde se deslizan las ruedas. Y ella saca el cuerpo hasta la cintura por la ventana del carruaje y tiende la mano enjoyada hacia la mano de su caballero. Y las manos se estrechan a toda velocidad y construyen un puente de carne y hueso sobre las veleidades del tiempo. Y un anillo queda como prenda en los dedos del jinete, con una esquela que dice: "Hasta luego".*

Manuela comenzó a reponer los papeles en el cofrecito. Fijé la vista en otro de los mensajes.

—¿De quién es esto?

—¡Oh! Del almirante Leprédour. También él exageraba, claro está.

Me tendió el papel y leí en voz alta.

—"A la benéfica hechicera de los bosques, encantadora soberana de Buenos Aires, y sin duda, de mi corazón."

—¡Vaya! No mezquinaba zalamerías el francés.
—Usted lo ha dicho. Era francés.
—Pues tampoco los ingleses se quedaban cortos —y apunté a otra carta con la firma de Southern.

Manuela leyó, con media sonrisa.

—"A mi admirable y buena hada, flor entre las flores de esta tierra."

—¿Qué me dice usted de esto?

—Que ni el almirante Leprédour ni el caballero Southern se hubieran destacado como grandes poetas. No eran muy originales.

—¿Y qué decía don Máximo?

—Máximo siempre comprendió la diferencia. No era un necio ni un loco celoso. Sabía muy bien que ninguno de estos funcionarios podían parecerme otra cosa que mequetrefes, al lado suyo.

Doña Manuela amontonó de un golpe todos los papeles en el cofrecito.

—Y ahora, niño, dejemos que los muertos se hablen entre sí. Pronto tendré el gusto de saludarlos en persona.

Me tomó la cara entre las manos e inclinó mi frente hacia sus labios.

—Venga, vamos a dormir, hijo mío, que el día de mañana valdrá por muchos.

Ignoro si la señora descansaría. Por mi parte, comencé a dar vueltas por mi habitación, nervioso y conmovido. Todas las leyendas del Buenos Aires rosista parecían haberse dado cita en la voz de Manuela, para quitarme el sueño. Tomé el cuaderno, y me recosté contra los almohadones. Los juegos de la luz proyectaban esta vez una expresión irónica en la sonrisa de Nuestra Señora de las Mercedes.

¿Qué hace la Niña Manuela en los cuarteles y las prisiones? ¿Qué la trae a estos Santos Lugares con su atavío de amazona, en silla inglesa sobre un caballo demasiado veloz que le vuela todas las cintas del sombrerito? ¿Por qué se acerca, en la víspera de su cumpleaños, sola su alma y casi

clandestina, merodeando los alrededores del patio del este, en el lado externo del muro que aún oculta, en su espesor, las balas que pasaron a través de los cuerpos? ¿A quién busca Manuela en la tierra donde envejece una cruz de madera, y donde los cuerpos que las balas atravesaron han hallado primera sepultura? Hay un ombú en las cercanías, y florecitas silvestres rodean las raíces. Crecen también en este otoño suave como crecieron en la primavera. Crecen para que estos muertos recientes hallen un lugar agradable donde sentarse y puedan mirar sin demasiado temor sus propios corazones sorprendidos, horadados en pleno proceso de expansión amorosa. Sístole y diástole identificadas en su fantasía con el grandioso ritmo del mundo que ya ha podido prescindir perfectamente de ellos.

Desde mi ventanita de buen observador, en el cuarto donde espero al prudente Antonino Reyes, logro el ideal de cualquier espía. Mirar sin ser mirado a la dama que se acerca a la cruz de madera y se persigna compungida primero, y golpea levemente con la fusta después —como lo hace siempre que se fastidia— sobre el tronco del árbol.

Está esperando, está llamando, a alguien, y no es difícil adivinar a quién. Ante sus ojos, traslúcida y algo encandilada por el sol de la siesta —la pobre ha pasado ya mucho tiempo entre las húmedas tinieblas— se presenta la Víctima. Sigue siendo muy joven, lo será eternamente. Tan joven que enternece, y las perforaciones en el pecho, y la palidez de la cara, y la cabellera negra, desmadejada y suelta sobre una ropa casi talar, que bien podría pasar por una túnica, le dan un aire convenientemente trágico.

Se miran. Se adelantan la una hacia la otra, como para estrecharse en un abrazo, pero ambas vacilan y se detienen. Apenas llegan a rozarse en el aire las yemas de los dedos. Están heridas, acaso, por mutuos rencores. Se miran largamente. La hija del Restaurador, con desaprobación compasiva. Camila, desde el reclamo desgarrado. Ella es la que habla primero.

—¿Dónde estabas, Manuela? ¿Por qué no viniste a salvarme?

—¿Y vos? ¿Por qué no te confiaste antes a mí? ¿Por qué no me dejaste aconsejarte?

—¿Llegaste tarde o no quisiste llegar?

—Mil veces hubiera corrido a salvarte si no hubiesen detenido al mensajero que me llevaba el aviso. Y mil veces te hubiera rogado también que renuncia-

ras, no a Gutiérrez, sino a tus propósitos de fuga. Ahora mismo podrías estar en Palermo con todas nosotras, conversando con los embajadores y bailando el minué.

—Lo mismo que hice hubiera hecho, Manuela. ¿Qué me importa Palermo? ¿Qué me importan el minué ni los cortesanos que van a hacerte reverencias?

—Tampoco para mí son importantes.

—¿Y entonces?

—Yo estoy viva.

—¿Estás viva? ¿Sin un gran amor? ¿Sin gozar?

—¿Quién te ha dicho que yo no tengo un gran amor? ¿Quién te ha dicho que yo no gozo?

—¿De qué? ¿Sólo de tus ambiciones?

—¿Y qué si tuviera ambiciones? ¿Hay en eso pecado?

—En las mujeres dicen que sí. Pero lo habrás heredado de tu madre. Bien la criticaron por ese motivo.

—Mamá era distinta. Iba al enfrentamiento. Yo procedo de otro modo. Si algo aprendí en estos años de todos los hombres que he tratado, de los mismos que te merecen desprecio, del canciller Arana, de los diplomáticos extranjeros, es que la vida es negociar. Exigir y ceder.

—¿Aun en el amor?

—En todo. En el amor más que en ninguna otra cosa. Nadie tiene derecho absoluto sobre nadie.

—Ladislao y yo nos dimos ese derecho el uno al otro.

—Muy mal hecho. Y además también eso es mentira. Vos le entregaste mucho más de lo que él te entregó. Él, sólo él, era el que no podía casarse. Él te arrastró en un viaje sin prudencia, sin previsión y sin esperanzas. ¿Para eso tuviste que morir antes de tiempo? Sin dejar semilla, sin gastar hasta el fondo los años que te correspondían. Ahora te compadecen. Con el tiempo te vas a convertir en leyenda. Pero para que la Pecadora y la Culpable se santifique y se transforme en una Heroína y una Mártir, hay que matarla primero.

Camila se derrumba sobre las grandes raíces. Las lágrimas corren por su carita afantasmada, abren surcos en la ceniza de la muerte, convierten su máscara de trágica en patética.

Manuela se sienta a su lado y le acaricia el pelo.
—*Algún día las mujeres también aquí van a querer a quien se les ocurra a la luz del día. Y van a gobernar y a hacer los mejores negocios para sus vidas. Y no van a necesitar morirse para que las perdonen y las santifiquen.*
Le aparta a Camila el pelo de la frente.
—*¿Y tus hijos?* —*pregunta ella.*
—*¿Cuáles?*
—*Los que no vas a concebir, mientras sigas reinando.*
Manuela se queda pensativa.
—*Alguien me dijo una vez que yo podía tenerlo todo. Y aposté a todo. Ya lo verás.*
—*¿Y mientras tanto?*
—*Sigo negociando, y regateo, y hasta el momento se equilibran mis cuentas.*

Ambas sonríen, trabándose en una conversación ahora cordial, que ya no escucho sino en ecos tardíos. Las voces y las imágenes comienzan a vacilar en el reflejo de la distancia.
No sé en qué momento sentí la mano de Reyes sobre mi hombro.
—*Señor, don Pedro, usted disculpe. Se ha quedado dormido. ¿Hace mucho que me espera?*
Miré hacia el ombú, ya completamente en sombras, donde no se veía a nadie. La resolana de la siesta y sus mirajes habían pasado.
—*Creo que hace un buen rato, señor Reyes. Pero no importa. Me ha venido bien. Un sueñito a primera hora de la tarde descansa y clarifica.*
—*No hay duda de ello.*
Despachamos por fin nuestros asuntos, y hacia el atardecer salí de los Santos Lugares en un coche oficial, rumbo al Archivo Americano. El último sol caía en forma de hojas, desde todos los troncos de todos los follajes. Se oían cohetes, gritos de salutación y buena bebida, rasgueos de guitarra y anticipos de fiesta. Eran las serenatas que se preparaban para la medianoche, cuando una larga serpiente de antorchas empezaría a torcerse por el modesto laberinto de la ciudad y los caminos del bosque, hasta desembocar, con cánticos y flores, bajo las ventanas de la Niña Manuela.

CAPÍTULO 9

"Una voce poco fa" llenaba el aire de la sala en la voz aún sostenida y bien entonada de doña Manuela. Terrero, apoyado sobre el Schiedmayer, la seguía con el mismo fervor adolescente de tantos años atrás, en salones más populosos y menos serenos.

Abundaba la gente joven entre la concurrencia —hijos de los amigos, y amigos de los hijos de los Terrero—, la mayoría de ellos ingleses, que escucharon a la dama quizá con no menor interés que sus representantes antaño enviados a las tierras del Plata. Tanta juventud, empero, conspiró involuntariamente contra ella. El mucho baile y la abundante comida y bebida mantuvieron abiertas de par en par las puertas y ventanas hasta pasada la medianoche, que no transcurrió sin serenata —esta vez a cargo no sólo de Máximo sino de sus hijos—. La señora tenía razón con respecto a los engaños de la primavera londinense. Quizá la vista y los aromas de los jardines no dejaron advertir las ráfagas frías de un viento que hacia el amanecer comenzó ya a golpear, decididamente, fallebas y portones.

A la tarde siguiente Manuela, afiebrada, respiraba con dificultad. Pese a mi presencia, Máximo insistió en llamar al viejo médico de la familia. De todas maneras ambos diagnosticamos una bronquitis con necesario reposo pero favorables pronósticos, dada la temperatura que había vuelto a ser en verdad primaveral y benigna, y la gallarda fortaleza de la señora.

Cuando mi respetable colega se fue por fin, yo mismo le llevé la merienda y le administré las medicinas. Doña Manuela no había perdido las ganas de hablar, pese a la tos y a su trabajosa respiración.

—Si no se calla seré el más descortés de los huéspedes y la dejaré sola.

—No se preocupe, buscaré a otro para que me escuche.

—No le harán caso, puesto que los médicos le han ordenado silencio.

—Claro que me harán caso, porque en esta casa yo gobierno con hilo de seda, y con más gusto seguirán mis directivas que las de ustedes.

—¡Vaya! Así que ha resultado ser una mandamás insufrible.

—Siempre he mandado cuanto quise, hijo mío, pero con tan suave y exquisito talento que todos me soportan muy bien, y vuelven a mi lado como corderos. Y ahora dígame la verdad, ¿esto es de cuidado?

—No, si guarda reposo y sigue las indicaciones.

—¿Le hace caso su madre cuando se pone tan insistente?

—No, pero por lo menos me vengo de todas las órdenes que ella me dio cuando yo era niño.

—Bueno, si es por desquitarse, diviértase un rato.

Nos reímos.

—Tatita empezó con un enfriamiento así, y al poco tiempo ya estaba muerto.

—¡Qué optimista está hoy!

—Ni optimista ni pesimista, hijo mío. De algo hay que morirse al cabo y si bien lo mira, cada vez tengo más posibilidades. Por lo demás, si he de elegir una muerte, bien prefiero la de mi padre, que fue buena y rápida. Tanto que ni el confesor llegó a asistirlo. Pero bien sé que no le hacía falta.

—¿Es que no tenía pecados?

—Naturalmente que los tenía, como todos los hijos de Adán.

Pero sabía que era un pecador, y esperaba con fe ser reconciliado. Con eso basta.

—La hace usted muy fácil.

—Señor Victorica, si Dios nos dejó las puertas del pecado tan abiertas, las de la reconciliación no pueden estarlo menos.

—Eso sería lo justo.

—Claro que no sabemos si Dios es justo. Al menos a nuestra manera.

Me quedé mirándola.

—Para ser usted una creyente ortodoxa, desconcierta.

—¿A qué llama "ortodoxo"? Vea, hijo mío, las obras divinas son inconmensurables y también incomprensibles. No puede considerarse a Dios como una común y previsible persona de confianza, un buen almacenero, digamos, que no va a estafarlo a uno ni le va a pesar mal la mercadería. Los criterios de justicia de Dios, digo yo, deben estar mucho más allá de nuestro entendimiento, de modo que a lo mejor lo que creemos muy malo resulta muy bueno, y al contrario.

—No sé cómo hace usted para andar por los laberintos de su fe y mantener la cordura.

—¿Quién le ha dicho que estoy cuerda?

—¡Doña Manuela! ¿Está imitando a su padre con sus burlas?

—Tatita era mucho peor. A mí ni siquiera me han gustado los bufones.

—¿No me estará tomando de bufón a mí?

—Pues si usted duda todavía y no se da cuenta, bien que se lo merece. Pero acabemos. ¿Me muero o no me muero?

—No por ahora, salvo que se suicide.

—Ya me echarán de este mundo, no pienso adelantarme.

Nos quedamos callados. Todavía el cielo estaba luminoso. Descorrí del todo las cortinas blancas para que los vidrios capturasen y reconstruyesen los últimos fragmentos de resplandor. La habitación olía a hilo fresco, a encajes almidonados que crujían con rumores de lavanda y jazmín, y se mezclaban con ecos de fuerte colonia inglesa. Sobre la cómoda de los Terrero —inmensa y generosa, como la gran cama de matrimonio— se amontonaban aún más fotografías.

—¿Y esa casa? —apunté señalando la imagen de una sólida mansión.

—Fue la primera que ocupó Tatita cuando llegamos aquí.

—No está mal.

—Claro que no terminó viviendo en ella. Tuvo que mudarse a una granja arrendada, por falta de recursos. Cada vez un escalón más abajo. Vea si la vida no reserva amarguras. Poco antes de morir hubo de desprenderse de las únicas tres vacas que le quedaron. ¡Tres vacas! ¡Él! ¡Juan Manuel Ortiz de Rozas y López de Osornio! ¡El dueño de Los Cerrillos y del Pino! ¡Cuánta razón tenía mi abuela cuando deploraba, a lágrima viva, que su hijo se hubiese dedicado a la política!

Doña Manuela cerró los ojos e inspiró profundamente.

—Tendría que haberlo sabido. Tendría que haberse precavido. La vanidad y la confianza nos perdieron. Por escuchar a los falsos amigos y a los aduladores, señor Victorica. Pero en definitiva, todo eso fue necesario para que cambiasen y girasen las vidas.

—¿Las vidas?

—La de Tatita y la mía. Yo ignoraba, eso sí, cuándo sobrevendría la señal del cambio.

Le puse una mano sobre la frente, y le tomé el pulso, con cierta alarma. La fiebre no había cedido. Por el contrario, parecía aumentar.

Doña Manuela me miró con ojos ligeramente empañados.

—¡Qué inseguro es usted! ¡Y vuelta a tentarme el pulso! Si ya dijo que no había yo de morirme, sosténgalo hasta el final, aunque se equivoque. Así va a causar a sus pacientes muy mala impresión.

—Señora...

—¡Cállese, niño, y deje hablar a sus mayores, que ya le llegará el turno! Como le decía, yo estaba esperando la señal. Y lo supe después de esa gran fiesta, en el cincuenta y uno. Fue a fines de octubre, pero ya desde julio comenzaron con los preparativos del baile. Para eso en realidad había hecho mi retrato Prilidiano Pueyrredón. Cada uno de los asistentes iba a llevarse después una litografía. Sólo entonces, al final de la fiesta, fue cuando se me presentaron, claritos, los dos caminos.

—¿Qué dos caminos?

La señora no respondió. Se le habían cerrado los ojos y respiraba con un ruido espasmódico y la cara colorada. De pronto habló.

"Niña, me dijo, no vas a dejarme solo.

No estarás solo, sino con nosotros, tus hijos.

¿Qué hijos?

Máximo y yo. Y los nietos que vendrán. Él lo ha dejado todo para seguirme, para seguirnos. Juan Bautista y Mercedes pronto han de volverse a la Argentina.

No podés dejarme solo. Te lo di todo.

No vamos a dejarte solo. Y yo también te lo di todo.

Si no me casé fue sólo por tu culpa. Para que nadie, sino vos, ocupase el lugar de tu madre.

¿Cómo te habías de casar, Tatita? ¿Con quién? ¿Con Eugenia, que no sabía leer ni escribir, y que hasta le costaba calzarse un par de zapatos?

No seas insolente, muchacha. Vos no la querías. Vos no querías que nadie te quitase ni los honores ni mi afecto.

Eso pudo ser antes. Y ya se acabaron los honores. De todas maneras nunca pensaste en casarte con ella.

Yo soy el único hombre de tu vida.

Cuando era niña, Tatita.

Siempre fuiste y serás una niña. La Niña. Mi Niña.

A veces lo seré todavía. Cuando te mueras seré tu niña, y también tu madre. Para curarte las mataduras de los caminos y los latigazos de tu pecado y de la mala suerte. Para cerrarte los ojos.

Quiero que en todo seas mi Niña.
Imposible, Tatita. Tendré hijos. Otros serán mis niños.
Para qué. Tonta, ingrata. Se irán. Te dejarán por otras mujeres. Y si son hembras, por el varón que se las lleve en el anca.
No del todo. Nunca del todo. Y además hay un hombre que no me dejará por nadie.
¿Máximo? ¿Quién es Máximo para merecerte? Un chico. El hijo de Nepomuceno. Calladito y de poco carácter. Nadie te protegerá como tu propio padre. Nadie te querrá de la misma manera.
Me dio pena decirle que Máximo y yo estábamos crecidos, que él ya no podía cuanto quería poder, y que se estaba volviendo viejo."

La señora seguía con los ojos cerrados, monologando penetrantes incoherencias. La sacudí ligeramente.
—¿Está usted bien, doña Manuela?

"Te vas a arrepentir, me dijo. Los hijos hacen sufrir, preocupan, dan disgustos, se enferman, huyen, se malean, no son como nosotros. No son como nosotros queremos.
Yo los querré como ellos sean, con tal que vivan.
Pero ni eso se me cumplió, al principio. Porque el camino que elegí era como una fruta de pulpa dulce y cáscara espinosa. ¿Era el camino de la penitencia? ¿Había hecho yo antes, en los años del gobierno, algo que no debía hacer? ¿Fue gobernar junto a mi padre con mano imperceptible lo que estaba prohibido? No me arrepiento, no me arrepiento, dije. Triunfaré en esto como en otras cosas he triunfado, y ganarán la perseverancia y la espera."

La señora entreabrió los ojos por donde se escurrían las lágrimas.
—Ahí está, ¿no lo ve entre las fotos?

—¿Qué, doña Manuela?
—No, no es aquí. Con los otros retratos, en la chimenea.
—¿Qué?
—El escarpín.

Recordé el zapatito de lana en el que había reparado el día de mi llegada.

—¿Qué culpa tenía él de nada? ¿Por qué unos nacen solamente para morir? ¿Quizá Dios los ama más que a nosotros, y los lleva consigo para ahorrarles los males de este mundo? Sin embargo, por malo que sea, no queremos irnos de él.

Se incorporó a medias y volvió la cara hacia mí.

—Por favor, déme usted agua.

Tomó el vaso de mi mano y lo fue apurando.

—Dos perdí. Y ése, el segundo, era ya recién nacido. Un niño hermoso. Se hubiera llamado como mi padre.

Le alcancé un pañuelo embebido en eucaliptus y alcanfor.

—Aspírelo, y luego póngaselo sobre el pecho.

—Mi segundo camino fue difícil —añadió, mientras presionaba el pañuelo contra la garganta.

—¿Cuál era el otro, el que no llegó a transitar?

—Pues el que nos obstruyó su abuelo, don Justo José. Aunque no sé si entonces hubiera podido conservar a Máximo hasta el fin.

Tosió.

—Hubo que hacerlo todo de nuevo. Yo me disfracé de inglesa, y enseñé a mis hijos a que fueran ingleses, sin quitarles del todo la memoria. Pero el pobre Tatita repitió su mundo tal como era, y se empeñó en hacer una copia pequeñita de Los Cerrillos en Burgess Farm. Ya le contaré alguna vez.

Me miró.

—¿Cómo me encuentra?

—Un poco agitada, y con bastante fiebre. Voy a ordenar que preparen unas inhalaciones.

—Por favor, llámeme a Máximo. Y vaya usted a descansar un rato.

Obedecí, y me retiré luego a mi cuarto. Tomé, otra vez, el pequeño cuaderno que me había acompañado en mi viaje por el tiempo y por el espacio.

Buenos Aires, 28 de octubre de 1851

En todo fruto demasiado maduro late el germen de la corrupción. En el apogeo de cualquier encantamiento acechan las desilusiones más atroces. Nada le he dicho aún a Melanie, pero tengo miedo. El Entrerriano, tozudo y paciente, que acumulaba rencores en su feudo de esteros y de palmeras, se ha rebelado por fin, y baja lentamente hacia Buenos Aires a la cabeza de lo que se ha dado en llamar el Ejército Grande. Se ha aliado con el Imperio del Brasil y con los correntinos disidentes y con los mismos unitarios a los que combatiera en otros tiempos en nombre del Restaurador. El antes inquebrantable Oribe, el pertinaz sitiador de Montevideo, acaba de rendirse, sin pelear, ante el "loco, traidor, salvaje unitario Urquiza", como mil veces lo ha proclamado desde sus furiosos titulares El Archivo Americano.

Todos execran, claro, al caudillo del Entre Ríos. Pero las adhesiones a Rosas son excesivas, hiperbólicas, grotescas. Las sonrisas y las genuflexiones se crispan y se exageran, hasta convertir los gestos en caricatura, en machietta. *Rosas confía, sin embargo, si bien ha sembrado demasiados agravios entre algunos de sus jefes de tropa, como para que le sean leales. Rosas confía, aunque su administración ya no proporciona tantas ventajas a los dueños de la tierra, y aunque sus súbditos, fatigados de las constantes hostilidades, están dispuestos a entregarse al primero que les ofrezca la esperanza, aunque fuere engañosa, de una paz duradera.*

El pueblo, acicateado, bien es verdad, por magistrados y sacerdotes, se ha lanzado a las calles para apoyarlo, ha invadido los jardines de Palermo para homenajear al Ilustre Americano. Pero ni los pueblos han sido siempre constantes, ni han derrotado por sí mismos a ejércitos organizados. Los que entienden de armas, como Mansilla o Bernardo Victorica, se pasman ante la extraña indiferencia o pasividad del señor Gobernador, que hasta ahora no ha ideado válidas estrategias para ir al encuentro de sus enemigos, ni acepta las que otros le proponen.

¿Desea Rosas que lo derroten? ¿O como tantos de su estirpe se cree invulnerable a las amenazas, invencible o inmortal? ¿Creerá también estas cosas Manuela, exhibida como un icono radiante en su santuario, iluminada por todos los candelabros de la fiesta?

Le he pedido un baile a la Niña, y ella, aunque elige siempre a sus compañeros, ha tenido la deferencia de concedérmelo. ¿Delicada atención, otorgada por cortesía a un viejo amigo? ¿Gesto de despedida? Manuela no puede ignorar, como yo no lo ignoro, que si Urquiza y los unitarios entran en Buenos Aires, no habrá lugar para Rosas ni siquiera en una tapera o un pajonal de toda la inmensa pampa que ahora es suya. No lo habrá tampoco para mí, que si logro salvar la vida, no salvaré el empleo ni la fortuna. ¿Pero no piensa la Niña que tal vez sí lo habrá para ella? ¿No la rescatará alguno de sus románticos enamorados? ¿O no lo ha dejado entrever, acaso, el mismo Mármol: "Y cuando la causa política a que tengo el honor de pertenecer llegase a un grado tal de postración que, para sostenerla, tuviesen necesidad sus defensores de hacer la guerra a las mujeres, yo me pasaría gusto a vuestro padre, antes de someterme a tal conducta, y tendría el honor de hacerme presentar en vuestros espléndidos salones, vestido de colorado de pies a cabeza...".

—*Malos tiempos se avecinan, señorita Manuela.*

—*Mejor cara les pondremos, señor don Pedro.*

—*¿Qué haría usted si...?*

—*¿Quiere atraer a la desgracia nombrándola?*

—*¡Si pudiéramos huir a la isla de Pepys!*

Soltó la risa.

—*¿Otra vez está usted con tal extravagancia? ¡Hace diez años que empezó a insistir con ese tema! Creí que ya se le había pasado.*

—*Claro. A usted qué le importa. Como es terrateniente... Pero esa isla es mi única posesión.*

—*¡Pero qué posesión, señor don Pedro! Si ni siquiera hay certeza de que exista.*

—*Pues yo soy el único que tengo, patentados, todos los datos de su existencia. Y por eso me pertenece legítimamente. Por desgracia no consi-*

go un socio capitalista que me financie una expedición para poner el pie sobre ella.

—¿Pero por qué habrían de financiársela, si usted dice que la isla es suya?

—Yo les concedería los derechos de explotación, todos haríamos negocio, y viviría allí el resto de mis días como un magnate.

Manuela ríe de nuevo.

—¿Explotación de qué, don Pedro? Por otro lado, ¿ha pensado en los costos de trasladar allí su biblioteca?

—Obtendré suficientes dividendos con las empresas de la isla. A la que, por cierto, le faltaría algo esencial.

—¿Qué cosa?

—Una reina.

—Pues póngala a Melanie, si es que ella acepta acompañarlo en semejante aventura.

—Melanie vendrá, pero dudo que quiera ser reina. Elegiremos a una persona que tenga práctica en el oficio.

—No creo que la Reina Victoria se preste.

—¿Quién habló de la Reina Victoria si tenemos una princesa en el Plata?

—Cada día domina mejor el arte de la adulación. Por lo demás, usted lo ha dicho. La princesa es del Plata. ¿Por qué iría a otra parte?

—Si en el Plata ocurre, como en tantos lugares y gobiernos de esta tierra, una revolución.

—Me parece que en ese caso la princesa preferiría otras islas más conocidas.

Entre bromas y disparates se fue mi baile. El asiduo Terrero ya nos estaba cercando con la mirada, como una fiera triste, y se apresuró a tomar de entre mis manos las de Manuelita para conducirla al otro extremo del salón donde servían refrescos.

Ni isla, ni Manuela, ni Melanie. Merodeo por las calles todavía atestadas de alegres pandillas federales: negros y gauchos que dan vivas a Rosas y a la Niña. Mi mujer reposa ya en casa, donde la he dejado antes de ir al teatro con la Comisión de homenaje. Se cansa con facilidad, y más aún estos días —no sé si porque presiente, como yo mismo, la inminencia de un fin del que nadie, por lo que parece, desea hablar—.

Pero por más que los descreídos se burlen, Pepys es mía, y brilla en el Sur del Océano Atlántico. Por desdicha, los rioplatenses tienen poco espíritu de marinos y prefieren las vacas a los peces. Si cae Rosas, volveré a publicar, como sea, el Historical Sketch of Pepy's Island. Acaso, sin quererlo, los propios unitarios señalen el camino hacia mi libertad.

Enero de 1852.

La situación se agrava. Urquiza parece incontenible. Pero por otro lado el dictador —fuerza es reconocerlo— suscita gestos de lealtad admirable. Cuatrocientos gauchos de Oribe incorporados por fuerza al Ejército Grande se rebelaron, matando a su comandante, y atravesaron las pampas para morir con Rosas y por Rosas. Claro que cuatrocientas fieras de pelea no son gran cosa para un ejército compuesto en su mayoría por jovencitos imberbes y elementos de desecho, o puramente improvisados, y sin jefes expertos para comandarlo. Ha tenido que recurrir, incluso, a oficiales unitarios —sus ex prisioneros— en cuya fidelidad será preciso creer, o reventar.

Mansilla ha caído gravemente enfermo y el general Ángel Pacheco ha presentado su renuncia. Si las cosas siguen así, yo mismo me veré en situación de dejar las baterías de la imprenta para marchar hacia las trincheras de sangre y pólvora que no frecuento desde las escaramuzas de mi remota juventud. Rosas aguarda en los Santos Lugares, ámbito muy poco propicio si se tiene en cuenta que allí han sido encarcelados, torturados y ejecutados los enemigos del régimen, y que sus almas, si las tienen, no desperdiciarán esta ocasión para el corrosivo saboteo. Pero Rosas, es verdad, no puede moverse. Espera con angustia la invasión del Brasil.

Envío esquelas a Manuelita ofreciéndole mi ¿protección?, mi casa, mis auxilios. Melanie reza en su cuarto acompañada por Justine, ya toda una moza robusta y nada fea. No sé por qué o por quién están rezando. No sé si la iniciativa ha partido de Melanie o de Justine, que al fin y al cabo es india. Si bien nunca tuvo mi mujer simpatías por Rosas, también es cierto que los males conocidos, como los vicios, resultan difíciles de abandonar o de reemplazar

3 de febrero de 1852.

Consumatum est... *Rosas ha dado su última batalla con increíble torpeza. Dada la falta de generales idóneos, el Restaurador tuvo que salir él mismo al frente de su ejército, como en los días de la guerra de guerrillas —la única que sabe practicar— de sus años mozos. Alrededor de las once de esta mañana ya era conocida en la ciudad su derrota. Rosas fue previsiblemente traicionado por informantes de Urquiza en Buenos Aires. Y también, previsiblemente, a horas apenas del desastre, han tenido lugar algunos fulminantes —ya se verá si también útiles y convincentes— cambios de bando. El primero de ellos, el de su cuñado Mansilla, esposo de Agustinita, que no ha presentado resistencia ni ha tenido empacho en salir a las calles gritando: ¡Viva Urquiza! ¡Muera el tirano! Los federales recalcitrantes (y la mayor parte de su familia política, incluida su propia esposa) murmuran contra él. A mi ver, se ha limitado a aplicar el sabio proverbio según el cual un soldado vivo sirve para otra batalla, y ha contribuido a evitar más violencias inútiles.*

Por lo demás, nada cambiará. Urquiza es Rosas. Su tropa, la montonera. Nos hemos atrincherado en casa. Los criados, y yo mismo, estamos armados con cuchillos y pistolas, esperando el atraco que no tardará en llegar. Justine, suelto el pelo y descalza, murmura salmodias en su lengua madre, inexplicablemente recobrada, y ha desenterrado de un baúl unas viejas boleadoras cuya procedencia ignoro (¿las traería cuando su captura?). Toma en brazos a la semidesmayada Melanie —que la mira con horror e infinito cariño— y la coloca sobre nuestra cama de matrimonio. Ñuké, maman, le dice, y le acaricia la cabeza. Luego cierra la puerta y monta guardia ferozmente, con los brazos cruzados.

Pienso en Manuela. Sé que no puede estar ya en Palermo. Sin duda tanto la hija como el padre han de haberse refugiado en la Legación inglesa. Lo único inverosímil de este episodio tantas veces previsto desde la fallida invasión de Lavalle es que a partir de ahora en mi vida ya no existirá Manuela. No recuerdo, no puedo recordar ni concebir cómo en algún momento ha sido posible que yo viviese sin ella.

5 de febrero de 1852.

La he visto por última vez. Urquiza, quizás en consideración a los tiempos en que ambos servíamos complacidos al mismo amo, así como a nuestro recíproco y cordial trato, tuvo el gesto de enviar una custodia para mi casa. Pude dejar a Melanie dormida, al cuidado de Justine, y correr hacia la mansión de Gore, el encargado de negocios inglés.

Después de no poca insistencia me franquearon la puerta. Estaban allí los fugitivos —el ex Gobernador, sus hijos y su nuera— pero en pleno proceso de camuflaje. Vi primero a Rosas, vestido de caballero inglés con ropas de Gore que le sentaban perfectamente. Los ingleses solían asombrarse ante su tipo físico, mucho más semejante al de un gentilhombre de la campiña británica que al moreno caudillo español imaginado.

—¡Vaya! Señor don Pedro, no contaba con su visita. Y más la agradezco, puesto que no la esperaba. Hemos tenido nuestros desacuerdos pero en conjunto no podrá quejarse usted de mí.

—No me quejo de su generosidad, en efecto, señor Gobernador. Y en cuanto al trabajo, sus claras instrucciones me han dejado saber siempre a qué atenerme.

Rosas sonrió con aspereza.

—En eso confío, señor don Pedro. No es bueno que los colaboradores alienten siquiera un ápice de duda. Bien —me tendió la mano—, gracias por venir. Lo esperamos cuando lo desee, en Inglaterra. Le haré saber noticias.

—Ojalá pudiera seguirlo al exilio, señor —le dije, esta vez con sinceridad.

Rosas levantó una ceja, desconcertado.

—Bueno, hombre, no es para tanto. Usted tiene aquí sus cosas. Lo respetarán. Es un hombre instruido. Los vencedores necesitan gente como usted. No lo saben todo, aunque presuman de hacerlo. ¡Ah! Dele mis más cordiales recuerdos a su esposa.

—Serán dados, señor brigadier.

Miré a mi alrededor.

—¿*Y la señorita Manuela?*

—*Pase usted por aquí.*

Por la puerta entreabierta de uno de los cuartos, vi a una delicada figura de muchacho frente a un espejo.

—*Manuela. Tienes una visita.*

Me dio paso.

—*Aquí podrán hablar siquiera unos momentos. Usted dispense.*

El muchachito era la hija del Restaurador. Me pareció, en esa guisa, con la desbordante cabellera recogida y oculta bajo un sombrero, y las manos demasiado finas cubiertas por oportunos guantes, mucho más hermosa aún, y cautivadora, que cuando me había recibido en su toilette *de mañana, tantos años atrás.*

—¡*Señor don Pedro! ¿Pero qué hace aquí? ¿No se da cuenta del peligro que corre? ¿Y Melanie?*

—*Bien resguardada, no se preocupe. En cuanto a mí, nada peor puede pasarme.*

Manuela me tendió las manos. Yo la abracé. El sombrero cayó al suelo, y la cabeza perfumada y oscura se recostó en mi pecho. La acaricié mientras lloraba.

Levantó los ojos y le sequé las lágrimas con un pañuelo que olía a rapé y a colonia, y no a jazmines, como los de ella.

—*He pensado durante muchos años que usted es una coqueta, astuta, seductora, voluntariosa y tiránica manejadora de hombres y de abanicos.*

Manuela sonrió entre lágrimas.

—¿*Lo soy tal vez? ¿Me está devolviendo gentilezas?*

—¿*Gentilezas?*

—*Cuando yo le dije que era un sabio mercenario y un niño caprichoso.*

—¿*Se acuerda todavía?*

—*Siempre me acordaré.*

—¿*Cómo va a ser el mundo sin usted?*

—*Mejor. Imagínese. Si tengo todas esas malas cualidades...*

—¿*Quién le ha dicho que son del todo malas? ¿Y que sólo las límpidas virtudes y bondades de los que amamos nos dan gozo?*

—Usted trabajó para vivir, haciendo lo que sabía hacer. ¿Qué otro remedio?

—También robé monedas y documentos. Y quise ser espía para el Brasil. Y defraudé todos los principios en los que alguna vez había creído.

—¿Creía en las doctrinas de los unitarios?

—A esa altura de mi vida, quizá menos aún que en las de su padre. Y menos que menos en la justicia o el desinterés de sus procedimientos.

—¡Don Pedro! Perdone usted si en algo lo hemos ofendido.

Me encogí de hombros.

—Lo mismo le digo yo. ¡Si pudiera llevármela a la isla de Pepys!

—Avíseme cuando la encuentre.

Bajé la cabeza y la besé en la boca. Un minuto más y saldría de ese cuarto y aquella casa ahora irreal, y los labios de Manuela Rosas serían apenas un dibujo en el aire y se borraría la memoria de su tacto. Ella me respondió y me rechazó luego bruscamente. Es una mujer de brazos fuertes, entrenados en el deporte ecuestre, y a pesar de mi estatura y corpulencia, el empujón me hizo perder el equilibrio y casi caer después de golpearme contra la pared.

—No quise lastimarlo —intentó sonreír—. En otro tiempo, en otra vida, habrá alguna oportunidad.

—En la isla de Pepys. La espero allí dentro de cien años. Habremos nacido de nuevo, ambos seremos jóvenes, y yo un poco más bonito. Y Melanie y Máximo Terrero habrán tenido el buen gusto de renacer en otra parte.

Comenzaron a sonar voces en busca de Manuela.

Hice una pequeña reverencia, como en los bailes de palacio, y le besé la mano. Ella me sonrió, volvió a secarse los ojos y se guardó mi pañuelo en uno de los bolsillos.

Así salimos de la casa de Gore. Ellos hacia la fragata que los esperaba, yo hacia el hogar que me esperaba también, hacia Melanie, y hacia la biblioteca que quizá ya no podría conservar.

A medida que caminaba por las calles violentas, indiferente al paso de los hombres de Urquiza que me miraban, insolentes o hirsutos, gruñendo a medias, empecé a respirar con desusada ligereza. Extrañamente, el *nudo se había cortado. Alguien había deshecho los vínculos de pasión y de encono que durante doce años me ligaron a una imprenta, un gobierno, un cielo, una mujer, una llanura.*

La vida que había enajenado me era milagrosamente devuelta, con todas mis memorias de odio y de dolor. Quedaba apenas un rastro húmedo de jazmines y un encanto remoto.

Golpeaban a la puerta. Era Máximo Terrero, muy pálido.

—Gabriel, venga usted por favor. Creo que ha empeorado.

Seguí a Máximo por el pasillo.

CAPÍTULO 10

El padre no asiste a la boda. Exige a su hija que no abrigue la ilusión de verlo ni de visitarlo. Que no pierda dinero ni tiempo en escribirle. No contestará sus cartas. Abraza con furia su nueva vocación: la del resentimiento solitario.

(Con la mano de Manuela entre las mías, aplicaba una cataplasma sobre el pecho, la obligaba a inhalar los vapores que abren los finos conductos bronquiales. Pero ella no quería solamente respirar; estaba empecinada en quedarse en esa región desde donde el pasado se ve y se habla con la naturalidad de los delirios, sin la pesada prudencia que puede amarrar y mutilar las palabras de los sanos.)

El general Rosas vive primero en un hotel. Hace lo que nunca hacía en Buenos Aires —¿por qué habría de hacerlo allí, si era patrón de todas las mujeres?—: mezclarse con cortesanas. Se ocupa de putas y de lo que él llama sus Memorias, dirá el doctor Alberdi, embajador de la Confederación Argentina. Nunca se conoció el fin de las Memorias, pero sí el de su afición trasnochada por las hembras de paga. Las potras lo han jodido, lo han coceado, lo han infestado de llagas morrocotudas, le chupan las libras a montones, hay que ver lo que es un hombre sin mundo y sin freno, dirá su hijo don Juan Bautista, que habla como un gaucho y entiende de esos asuntos por experiencia propia. Pero el general reacciona a tiempo de las tardías fiebres. Aún le quedan libras como para tomar casa en Rockstone House, en la ciudad de Southampton. Es una mansión austera y silenciosa, sin gritos de niños ni bullicio de fiestas. Por dentro está bien arreglada, con una gran sala de recibo que dominan dos amplios sillones rojos. Sin embargo el Restaurador duerme y escribe en un cuarto pequeño, donde solamente hay una mesa cubierta de papeles y una cama de caoba. Los pobladores lo llaman "The General Ross". Como no identifican ningún lugar verosímil del planeta con "Sudamérica" (menos aún con "la Argentina"), lo consideran un militar español, desterrado por asuntos de política.

El Restaurador no tiene dinero. Nunca ha creído en el ficticio simbolismo de los billetes o las acciones o las cartas de crédito, no es amigo del oro. Sólo cree en la tierra que puede medir con las patas de su caballo. Leguas y leguas, durante días y noches de cabalgata, abarcando los cuatro puntos cardinales, únicamente eso puede darle la dimensión de su afincamiento en este mundo. Pero eso queda, o se hace, sólo del otro lado del mar infranqueable.

¿Y ahora qué leguas mide don Juan Manuel? Una casa arrendada y unos dineros, producto de la estancia que le dejó vender Justo José de Urquiza —después de esta merced la confiscación volverá, agravada por una sentencia de muerte—. Los dineros han de consumirse en diez años. Don Juan Manuel ya ni podrá pagar la casa de los sillones rojos; dejará de tener coche propio, dejará de vestirse con ropas de caballero, no aceptará las invitaciones de los hidalgos ingleses, puesto que no tiene cómo devolverlas. Ya no podrá regalar al cura de su parroquia una talla de flores de marfil bajo un fanal, ni dispondrá de recursos para hacer donaciones a la iglesia que dice venerar, aunque no la pisa.

Él volverá a ser lo que es o lo que ha querido ser siempre: un gaucho. Dejará Rockstone House y se alojará en Burgess Farm. Al llegar encontrará todo descolocado e inservible, inapto para el ganado y para el cultivo. Pero construirá un mundo a su imagen y semejanza. Hará cortar dos mil árboles, removerá troncos descomunales para imponer sobre la tierra inglesa la forma de la llanura.

—La llamó "Los Cerrillos", Gabriel, y cuando al fin nos abrió las puertas para visitarlo, se me cayeron las lágrimas.

Manuela cierra y abre los ojos, conmovida e incrédula. El tiempo y el espacio han sido obliterados por la fuerza de una voluntad. Treinta hectáreas de tierra inglesa se han convertido en pampa: se han plantado perales, manzanos y duraznos. Hay tranqueras, y cercos de espinillos y una laguna artificial donde chapotean los patos y los gansos. En cualquier momento se verán volar flamencos rosados, garzas reales, avutardas.

—Él mismo, con sus manos, enlazó y ensilló su caballo hasta el día de su muerte y trabajaba en el campo desde el amanecer, a la par de los peones.

The General Ross es duro y generoso. Contrata asalariados por el doble de la paga que les ofrecen en otras granjas. Pero los contrata solamente por una jornada, y no vuelve a renovar esa obligación si no cumplen estrictamente su trabajo. La tarea se reparte por zonas, en estrictas parcelas que se dividen entre los labradores.

El general ha perdido peso con el continuo ejercicio. Distingue a distancias increíbles el vuelo de una perdiz, tira el lazo y las bolas como en los años de la campaña al desierto. Pero ningún enemigo le queda para enlazar, como no sea la sombra de su propia gloria que va sobre el mejor parejero del mundo, irrepetible, siempre atrás, o siempre hacia adelante.

—Se jactaba Tatita de haber enseñado a sus vecinos y a los campesinos de la zona a comer zapallo y a tomar mate. "Yo no soy como Máximo —porfiaba—, yo no tengo la idea de tantos argentinos como él, que dicen 'adonde fueres, haz lo que vieres'. Gracias a mí, los pobres que vienen y son recibidos, como siempre lo fueron en mis casas de Buenos Aires, prefieren el mate a una cerveza, y comen ellos mismos los zapallos dulces en vez de tirarlos a los cerdos." Nunca abandonó su poncho, ni sus botas, ni sus espuelas, ni las costumbres del campo. En cuanto se lo permitía el verano dormía bajo un corredor, usando de colchón la manta de su recado.

The General Ross de día es un campesino y tal vez un guerrero que combate o emula sombras. A la caída del sol, a la luz de los candiles, vuelve a ser gobernador y burócrata en el gran teatro del mundo. Revisa o rectifica papeles, escribe juicios, añade a su ya amplia y ahora inútil producción administrativa, las galas de la literatura, la filosofía y hasta la ciencia médica.

Don Juan Manuel duerme y come junto con las razones y testimonios de los actos de su gobierno. No había previsto llevar consigo dinero, pero sí sus papeles, embarcados a toda prisa. Cajas y cajas llenas de la documentación más valiosa. En esas hojas, certificadas y refrendadas, lacradas y selladas, inalterables, auténticas y originales de toda pureza, más de mil veces se ha estampado su firma, que es un reflejo de la firma de Dios. En otras hojas don Juan Manuel escribe sus sentimientos y pensamientos: extractos de amarga sabiduría sobre la ingratitud de los poderosos y la cobardía de los amigos y el abandono de los hijos, y la falta de memoria y discernimiento de los pueblos.

Manuela los hereda.

—En los últimos años quiso ver a los niños, y Máximo lo visitaba con frecuencia. Solíamos festejar con él las Navidades y también mis aniversarios y días de vacaciones.

El General no llama a sus nietos con los nombres que les han puesto sus propios padres, sino con otros elegidos por él, más de su gusto. Pero Manuela ignora, calla, tolera. Los tres ranchos de paja de Burgess Farm configuran el marco de un palacio encantado donde los años vuelven hacia atrás. Monta sobre el caballo de su padre y apuesta carreras con sus hijos que rivalizan con ella subidos a un pony. Recibe ramos de flores de las mujeres del pueblo los días de su cumpleaños. "Ramos de virtud y verdad" —dice Manuela— no de mentira y adulación como aquellos que tributaban antaño a la princesa federal los que nada tardaron luego en olvidarla.

—Cuando mi padre murió, atacado por la pulmonía, con él murió la única persona de este mundo para quien yo seguía siendo la Niña. Yo había crecido y me había ido y lo había dejado, no por maldad ni por ingratitud, sino de la manera en que los hijos deben dejar a los padres, como está dicho en las Escrituras. Pero él se rebeló contra la Biblia misma, contra lo que siempre se ha hecho y lo que él mismo hizo y lo que harán todas las generaciones de los hombres, hasta que concluyó —pues tal era la fuerza de las cosas— por aceptarlo. Y sin embargo me hizo feliz que me llamara su niña hasta el fin de sus días.

—¿Le perdonó usted entonces?

—¿Qué cosa?

—Su egoísmo y su injusticia.

—¿Cómo no iba a perdonarle lo que estaba en su naturaleza? Por él y con él goberné. Contra él construí mi propia casa. ¿Por qué habría de guardarle resentimientos? Así fue como se hizo mi vida.

La señora se recostó sobre las almohadas. Había hablado demasiado. Pero sostenía que su misma fatiga le era un alivio.

—Nunca sabemos hasta qué punto influimos sobre las vidas ajenas, si las empujamos al crecimiento o al desastre. O hasta qué grado, simplemente, somos importantes para otros, señor Victorica.

—¿Y qué fue de los que cayeron con su padre, doña Manuela?

—Eso debiera usted saberlo, hijo mío. Algunos se levantaron demasiado rápido, agarrándose a los faldones de la chaqueta de los vencedores, como el doctor Vélez Sarsfield, o como los Anchorena. Otros, si no sufrieron venganzas o ejecuciones casi en el acto, pasaron a retiro, y vivieron como pudieron o como Dios los ayudó. Así ocurrió con su abuelo don Bernardo, tengo entendido. La generación siguiente ya tuvo más suerte. Un orden nuevo, con nuevos puestos para los talentos. El mejor ejemplo es su padre, don Benjamín.

—¿Y los intelectuales, como don Pedro de Angelis?

Manuela sonrió.

—De Angelis... Era todo un carácter. Supe que murió en los brazos del sinvergüenza de Rufino Elizalde, que nos traicionó a nosotros pero no a él, diciendo que si sentía irse de este mundo era por no terminar de ver jodidos a los de su pandilla... Merecería haber encontrado la isla de Pepys.

—¿La isla de Pepys?

—Una fábula a la que él solo le daba crédito. Tenía no sé qué documentos de un inglés que decía haber descubierto una isla en el Atlántico Sur, y trató varias veces de convencer a los marinos para que lo llevasen a apoderarse de su dominio. Pero nadie le hizo caso ni estimó que esos documentos tuviesen asidero.

—¿Qué pensaba usted de De Angelis? ¿Era leal?

—¿Leal a qué? ¿A una idea? ¿A una persona? Mientras nos sirvió, lo hizo bien, eso es todo cuanto sé. Si alguna lealtad verdadera tenía, supongo que era hacia sus libros. No creo que le importase otra cosa más profundamente sobre la tierra.

La señora cerró los ojos. La fiebre parecía estar cediendo. Pensé que si todo iba bien podría irme en la fecha convenida y cumplir mis citas en Viena, puesto que acababa de concluir con éxito todos mis exámenes. Por otro lado, la decisión de partir no me era fácil. Casi comencé a desear que se presentase algún acontecimiento extraordinario para impedirme la salida.

Manuela empezó a respirar con regularidad. Se había dormido. Busqué el cuaderno punzó y me puse a leerlo, acompañándole el sueño. Quedaban muy pocas páginas. Desde la marcha de la Niña, el napolitano parecía haber perdido interés por consignar los restantes hechos de una vida que iba precipitándose de zozobra en zozobra. Los anotaciones se sucedían ahora en forma harto esporádica y casi telegráfica.

18 de julio de 1852.
Nuestras penurias parecen haber terminado, por el momento. Puedo salir de mi refugio de San Isidro. Urquiza ha demostrado ser un vencedor clemente. Quizá porque ya se siente débil, porque ya tiene demasiados enemigos en Buenos Aires, prefiere recordar a los amigos viejos. Soy el director del recién creado Departamento Estadístico de la Confederación Argentina.

Octubre de 1852.
Otra vez la desgracia corre tras mis pasos y me quita el pan de la boca. La revolución de septiembre ha terminado con Urquiza y conmigo. Urquiza es rico. Yo, un fugitivo indigente. No me queda sino buscar, fuera de Buenos Aires, empleos prometidos que desaparecen a medida que voy aproximándome a su encuentro. Lo único que me alegra es haber podido publicar otra vez, antes del desastre, el Historical Sktech of Pepy's Island in the South Atlantic Ocean. *Dejo encargado a Melanie que vaya vendiendo, al mejor postor, mis Colecciones.*

Montevideo, 24 de mayo de 1855.
Hoy cumple años aquella a la que, sin duda, no volveré a ver ya mientras viva. Lo festejo a solas, brindando en su homenaje con una copa rosada de buen Chianti. Hoy el poeta Mármol es senador en Buenos Aires, y yo un proscripto en la otra orilla. Nada puede asombrar a quien, como es mi caso, ha visto dar vuelta tantas veces la rueda de la fortuna. Lamentablemente, temo que no estaré vivo para cuando vuelva a ocupar su antiguo sitio.

La dama se ha casado con Terrero, y creo que ha tenido la desdicha de perder un niño, a poco de nacido. Melanie, siempre sensible a esta clase de desdichas, me dio la noticia. Estuve por escribirle unas líneas —¡como si ella necesitara de mis consuelos!— aconsejándole resignación, esperanza y olvido. Después me retraje. Hay dolores para los que toda palabra resulta hueca.

Los empleos no llegan. Publico pequeños opúsculos sin valor y a pre-

cio vil. Desempeño miserables oficios de espía para el Imperio (ahora espío, claro está, a los orientales). Melanie sigue liquidando mis colecciones, y yo cuento con vivir siquiera un tiempo de la venta reciente de mi monetario. No he logrado convertirme en director de un nuevo periódico al servicio de Río de Janeiro, y ni siquiera he podido enajenar mi imprenta. Mi única reparación son los honores que me han tributado en la corte la Emperatriz y sus ministros por mi obra erudita. Pero ni un doblón simbólico los acompaña.

He colocado en el Brasil, eso sí —para nuestro fugaz alivio económico y para mi perenne desdicha—, el grueso de mi biblioteca.

Montevideo, 11 de setiembre de 1855.

Aniversario de la revolución que me ha traído hasta aquí. ¿Por qué no festejarlo? ¿Acaso los cambios no vigorizan y renuevan? Al menos sirven para que algunos gestos humanos brillen maravillosamente, como farolas de noche destinadas a la guía y consuelo del caminante. Tengo dos asiduos abogados ante el nuevo gobierno: Carlo Enrico Pellegrini, amigo dilecto, y Rufino de Elizalde, no menos amigo, aunque más de una vez hayamos regañado por las razones o sinrazones de la política. Mi fiel Melanie ha escrito una carta de súplica para presentarla ante Mitre, que es ahora ministro de Guerra.

Algunas buenas noticias. Hemos recuperado la posesión de nuestra quinta, y me han devuelto la ciudadanía napolitana para que actúe como Cónsul General del Reino de las Dos Sicilias ante la Confederación Argentina. Por ahora ninguno de esos papeles (ni aun el lujoso nombramiento) hace ingresar un centavo en mis bolsillos.

Conservo conmigo muy pocos libros. Los que tengo, sin embargo, valen por otros muchos. Leo, copio, medito sobre el que considero, valga la ironía, como mi Biblia: Maestro, venimos a rogarte que nos digas para qué fue formado un animal tan extraño como el hombre. ¿Quién se mete en eso?, le dijo el derviche; ¿te importa para algo? Pero, reverendo padre, horribles males hay en la tierra. ¿Qué hace al caso que haya bienes o que haya males? Cuando envía Su Alteza un navío a Egipto, ¿se informa de si se hallan bien o mal los ratones que van en él? ¿Pues qué se ha de hacer?, dijo Pangloss. Que te calles, respondió el derviche.

Montevideo, 7 de octubre de 1855.

Es inminente mi regreso a casa. Mitre va a fundar un Instituto Histórico-Geográfico y ha tenido la deferencia de invitarme.

Todavía vivo. Por ende, todavía espero. Espero continuar publicando la Colección de obras y documentos relativos a la historia antigua y moderna de las Provincias del Río de la Plata, aunque ya he enajenado los materiales y me veré obligado a pedirlos en préstamo al Gobierno del Brasil. Espero que el Imperio me confiera la Orden de la Rosa por mis méritos académicos. Espero que mi futuro trabajo sea algo más que una limosna. Espero algunas tierras que se me deben en la provincia de Santa Fe. Espero que algún intrépido navegante decida compartir mis empresas en la isla de Pepys. Espero, seguramente, en vano. Pero tal es, a la larga, el destino de todos los hombres.

Me emociona pensar, por otra parte, que festejaré junto a Melanie —tan valerosa en su debilidad— estas Navidades.

Siento, para mi sorpresa, una abrupta nostalgia de confituras y de nueces, de panettone y chocolate. De procesiones infantiles por las calles de Nápoles en la mañana de la Nochebuena. Esa noche dormiríamos con ángeles de azúcar velando nuestras cabeceras, para comerlos en el desayuno festejando el nacimiento de un dios y de la mañana. Ni mi hermano Andrea era entonces un famoso historiador ni yo un vicioso coleccionista de libros y de monedas y de saberes acaso inútiles. Éramos sólo dos niños, todavía teníamos madre, ignorábamos la dimensión de nuestra felicidad.

Santa Fe, enero de 1856.

Merodeo por las casas de antiguos amigos del régimen. Hasta ahora parecen vanas las gestiones que realizo para que se me entreguen las tierras acordadas por el gobierno de Echagüe, como pago de mis servicios a la causa federal. Durante unos días me hospedó Lucio Mansilla, el sobrino de Rosas que ahora se ha metido a periodista y se halla desterra-

do en la Confederación por su entredicho con el respetable senador Mármol. He visto también a Benjamín Victorica, el hijo del ex Jefe de la Policía, hoy todo un juez en la ciudad de Paraná. Probablemente deje a su cuidado estas páginas, que no me interesa llevar a casa, y menos aún, exponer a la mirada de mis enemigos.

Pienso, con amor casi exacerbado, en la quinta a donde pronto retornaré. Después de todo, tengo aún más suerte que Candide. Melanie no se ha vuelto fea, como Cunegunda, y sin embargo sabe hacer también excelentes pasteles. Ahora es preciso cultivar el jardín.

Mientras miro hacia el Occidente donde se ocultará el sol en poco rato, veo a lo lejos la sombra de un jinete. Desde aquí no puedo distinguir si se trata de un hombre o una mujer. Todo el recuerdo soterrado y dormido se me abre de golpe, desde esta miniatura en movimiento. Creeré que es un viajero lanzado a rienda suelta, ansioso de retornar a la primera zona donde vio la luz del mundo. Creeré que es un cuerpo transido por lanzas y fusiles, el montonero o el soldado que aguanta sobre el pelo de su caballo, hasta cruzar el río o la frontera donde ya no podrán alcanzarlo para clavar su cabeza en una pica. Creeré que es ella con su traje de amazona, sin sombrero, el pelo suelto que arrasa el aire con la amenaza de una dulce invasión, que lo atraviesa con ráfagas de jazmines.

Creeré que tiene las manos de mi madre.

Creeré que esas manos me llevarán consigo.

Cuando cerré el cuaderno, los ojos abiertos de Manuela Rosas me estaban mirando. Disimulé el sobresalto, y me apresuré a dejar velozmente el manuscrito sobre una de las sillas que estaban contra la pared. Volví a tomarle el pulso y le toqué la frente.

—¿Cómo me encuentra ahora?

—Mejor, notoriamente mejor.

—Muy bien, pues ahora sosténgalo y ya no se le ocurra desdecirse. Mejoraré hasta que sea imposible pedir más.

Doña Manuela cumplió al pie de la letra su palabra. A los dos días estaba en pie. La tos había desaparecido casi por completo. Se la notaba apenas un poco demacrada y con alguna disminución de peso (lo que resultaba más bien ventajoso dada la corpulencia de la dama). Recibí plácemes y felicitaciones de toda la familia, y particularmente de Máximo. Suficientes como para sentirme el próximo ocupante de la cátedra de Medicina General en la Universidad de Buenos Aires.

De aquí en más, el tiempo comenzó a medirse en horas. Diversos trámites y actividades en Londres —retirar mi diploma, despedirme de los profesores y los condiscípulos, dar un postrer recorrido a la ciudad— me tuvieron atareado. El último día volví a Belsize Park pasadas las dos de la tarde, ya sin más ocupación que la de entregar algunos regalos para Manuela, Máximo y sus hijos, y revisar escrupulosamente mi equipaje.

Cuando llegué la señora dormía la siesta. Mis valijas ya estaban perfectamente dispuestas, con la colaboración de la dueña de casa y las muchachas. Habían colocado entre la ropa blanca, planchada y almidonada, bolsitas de lavanda que me recordaron mi propia casa con una fuerte punzada de añoranza. Me consolé pensando que después del anhelado viaje a Viena, ya sólo me quedaba Buenos Aires, como último y definitivo destino de mi ansiedad. Revisé papeles, pasaportes, documentos, dinero. Pero cuando abrí el portafolios donde creía haber guardado el cuaderno de De Angelis, sólo encontré su ausencia. Miré otra vez, infructuosamente, y pronto me vi abocado al ingrato trabajo de hurgar en los bolsillos de todos mis trajes y deshacer valijas cuidando de no alterar los dobleces de la ropa.

Después de haberlo desarmado y rearmado todo en vano, me senté por fin, sofocadísimo. No creía yo que en una casa donde no se movía un alfiler sin conocimiento de Manuela, el cuaderno pudiera haberse perdido. Ni tampoco que alguna de las criadas hubiese cometido la ligereza de tirarlo al arreglar mis bultos. Suponía haberlo guardado en un bolsillo al salir del dormitorio de la señora, y pensaba haberlo puesto con mis otros papeles, para colocarlo luego, junto a los más personales, en el portafolios. ¿Qué ocurriría si aquel cuaderno terminaba, sin previo aviso, en manos de la Niña? Ya había fantaseado demasiado con la idea de regalárselo, bien personalmente, o bien remitiéndoselo por correo después de mi partida, junto con unas líneas elocuentes. Lo sucedido me dejaba, a la verdad, sin defensas ni recursos.

Terminaba de secarme la frente cuando la vi de pie, contra el vano de la puerta.

—Doña Manuela, pase por favor. Aquí deseaba dejarle unos recuerdos que he comprado para toda la familia.

—Muy bien hijo mío, muchas gracias por la atención. ¿Tienen todos sus tarjetitas puestas, verdad? Máximo y yo veremos los nuestros cuando usted se vaya, así nos dolerá menos la despedida. Luego le escribiré para contarle qué nos han parecido.

Me miró detenidamente.

—Pero qué desaliñado está usted. Si hasta parece que ha estado corriendo. Levántese y venga aquí, que voy a hacerle mejor el lazo de la corbata.

Me coloqué junto a ella. Con una especie de pase mágico, Manuela reacomodó de maravilla los pliegues de la seda. Luego tomó distancia y se puso a escrutarme otra vez de arriba abajo, para mi gran incomodidad.

—Cuando llegó no estaba muy satisfactoriamente vestido. Pero ahora sí que se va en traje de buen federal.

Me puse tan colorado como el chaleco de color borravino que había querido lucir, ya que nos despedíamos.

—Se lo agradezco, es un gesto bonito, no se avergüence por eso. De otras cosas podría usted avergonzarse, me parece a mí.

Hizo una pausa y me indicó los dos silloncitos del cuarto.

—Ahora sentémonos ambos. Creo que tenemos que hablar unas palabras, y creo saber por qué se siente tan... confundido. ¿No se le habrá perdido esto?

—¡Señora!

Me colocó en las manos el cuaderno punzó.

—Apuesto a que por eso, más que por los recuerdos de su familia, se tomó la molestia de venir a conocerme. Y apuesto también que después de haberme conocido, acaso pensaba usted obsequiármelo.

—Pues sí lo pensaba, en efecto.

—No es necesario. Ya lo he leído. Casi no he descansado en toda la noche, pero entiendo que bien valió la pena.

—Pero entonces, con más razón...

—No, amigo mío. Si esto queda entre mis papeles y lo encuentran mis hijos o mis nietos, terminarán pensando que cuanto dice el señor De Angelis es cierto, puesto que yo lo he conservado. Y no tengo ningún deseo de sembrar dudas o inquietudes en el espíritu de la posteridad, sobre todo en el de la mía. ¿No le parece muy peligroso?

—Pero si alguien lo hallara entre mis cosas, ¿no es lo mismo?

—Usted no es aval para el cuaderno, ni la firma de De Angelis por sí sola. ¿Por qué habrían de prestarle fe a un erudito descabellado, que afirmaba la existencia de la isla de Pepys?

—¿No me guarda rencor?

—¿Por qué? Ya imaginaba, Gabriel Victorica, que alguna vez, antes del final, alguien iba a aparecer para ponerme en las manos una versión o un espejo de mi vida, para justificarme y condenarme. Yo puedo soportarlo. No he llegado a vieja inútilmente. Prefiero que haya sido usted el enviado.

Nos abrazamos con fuerza, y ella me dio un beso en cada mejilla.

A poco llegó a buscarme mi cochero habitual que estaba casi comprometido ya con la muchacha irlandesa. Yo cortaba lazos con la garganta seca y la pena filosa de una separación que sabía definitiva. Ellos los anudaban, en cambio, lanzando redes de manos y de sonrisas.

Cargamos rápidamente mi equipaje, más un bolso donde Manuela había acumulado regalos para mi mujer y mis hijos, e incluso algo para mis padres.

—Déselos especialmente de mi parte —me pidió—, usted en persona.

Ya me había despedido de Máximo aquella mañana.

—Ahora hijo mío, espero que aprenda mucho en Viena, de ese señor Alegre, y ojalá que no sea todo engaño. Mientras más pensamos indagar en las almas humanas, me parece que más hondo y más lejos se nos escapan. Y para usted, tenga esto.

Me dio un pañuelo de hombre, elegante y antiguo, levemente amarillento.

—Creo que todavía huele un poco a rapé —me sonrió—. ¡Vaya ahora, pues! Que tenga suerte. Que Dios lo conserve en la palma de su mano.

La irlandesita, que estaba a su lado, y entendía un poco de español, sonrió. Era el verso de un viejo poema de su patria.

Subí al coche, y mientras las tuve a la vista, seguí saludándolas con el cuerpo casi fuera de la ventanilla. Luego las señoriales escalinatas, las balaustradas severas y los cristales reverberantes me llenaron los ojos con los colores mezclados del ocaso, y todas las flores de la primavera.

Apreté contra la cara el pañuelo de De Angelis y después envolví con él las tapas de cuero punzó. Abrí el cuaderno. El último sol resaltaba los caracteres vivos de tinta roja. Pensé en lo que había visto y en lo que pronto vería. Pensé en Viena, y en el arte de curar o comprender esa enfermedad que nos hace humanos: nuestra historia.

Me abandoné al balanceo del coche y al golpe de los cascos sobre la piedra.

Esta edición de 4.000 ejemplares
se terminó de imprimir en
Kalifón S.A.,
Humboldt 66, Ramos Mejía, Bs. As.,
en el mes de septiembre de 2005